ベリーズ文庫

俺様御曹司と蜜恋契約

鈴ゆりこ

STARTS
スターツ出版株式会社

目次

プロローグ
side 光臣……6
第一章　取引
「商店街、なくなるの？」……14
「葉山光臣社長ですよね」……22
「俺の女になれ」……32
「再開発なくなったのよ」……46
第二章　取引の恋人
「取引は始まってるんだ」……54
「危機感もてよアホ」……75
「似てんだよな……」……97
「どんな恋してんだよ」……118
「責任とれよ」……142
第三章　初恋の終わり
「忘れさせてあげようか？」……160
「久しぶり……」……176
「愛されてみれば？」……201
第四章　恋の予感
「お前が心配だから」……218
「今の俺の一番は……」……231

「守ってやるから」……250
第五章　本当の恋人
「花が泣くだろ？」……268
「取引は終わりだ」……282
「本当の恋人に……」……290
エピローグ
ｓｉｄｅ光臣……308
特別書き下ろし番外編
「俺様御曹司と蜜恋契約」
～三年後～……318
あとがき……338

プロローグ

side 光臣《みつおみ》

「はぁ」

都内のオフィス街にある『葉山総合《はやまそうごう》』本社ビル。

その最上階にある社長室で、俺は思わず深いため息をついた。

海外出張から戻るとデスクの上には大量の書類が重なっている。どれも社長である俺の決済待ちのものばかりだった。

「おいおい、たったの一週間、本社を離れていただけでこの量かよ……」とひとりごちていちばん上の書類を手に取る。と、その下に置かれていた書類に目がいった。

【森堂《しんどう》商店街　再開発計画】

先にそれを手に取ると、中身をパラパラと確認してからデスクへと投げつけた。

「おい、佐上《さがみ》。これはどういうことだ」

分かりやすいくらい不機嫌な声を出すと、近くのデスクで仕事をしていた秘書の佐上がすぐにかけつけてくる。

「社長。いかがいたしましたか」

「どうしてこの計画が勝手に進んでいるんだ」

デスクの上に投げつけた書類を指でトントンと叩いてみせる。

「この場所にウチのショッピングセンターは作らない。俺はそう言ったはずだ。それなのにどうして報告書が上がってきてる？」

「そ、その件でしたら副社長が……」

おろおろとした様子の佐上の声がだんだん小さくなっていく。

『副社長』その言葉に、ああなるほどな、とすべてを理解した俺は、イスの背もたれによりかかり天を仰いで息をはいた。

「あのおっさん、俺が社長なのがそんなに許せないのかよ」

俺だって、欲しくて座っているイスじゃない。


葉山総合は日本を代表する大手流通企業で、国内で百貨店やショッピングセンター、食品スーパーなどを展開している。

その社長を務めていたオヤジが、突然、心筋梗塞《しんきんこうそく》で亡くなったのは昨年の春のことだった。その跡を継いで社長に就任したのが、息子である俺、葉山光臣だ。

その時、俺は二十九歳とまだ若かったこともあり、跡を継ぐのにふさわしいのは副社長でオヤジの弟（俺の叔父にあたる）・葉山光秀《みつひで》だと、推薦する者もいた。そしてなにより、叔父自身が社長就任を熱望していた。

しかし、会長である祖父や株主たちが社長に指名したのは俺だった。

その時の俺は、葉山総合の中でも業績が著しく悪い事業を次々と立て直し、売上向上に成功していた。きっとそんな実績もあって、まだ若いながらも俺が社長に推《お》されたのだと思う。

社長のイスには特にこだわっていなかったが、まぁ指名されたのだからとりあえず座っておくか、という軽いノリで俺は就任した。

しかし叔父だけは納得がいっていないようだった。当たり前といえば当たり前なのかもしれない。叔父はいつも〝二番手〟の男だった。葉山家でも、子供のころから長男であるオヤジばかり気にかけられ、次男である叔父はなんの期待もされていなかった。祖父の跡を継いで社長になったオヤジが亡くなると、順番や年齢的なことを考えれば、次の社長は叔父だ。ようやく自分が〝一番手〟になれる日がきたのだと叔父は思ったに違いない。

しかしそんな叔父の願いは叶わず、社長に指名されたのは兄の息子、つまり俺。叔父は副社長のまま二番手を続けていくことになった。

俺が社長に就任してから、叔父はなにかとうるさく口出ししてくるようになった。俺が会社の方針や事業計画などを決めると、対抗するかのようにそのすべてに反対意見ばかりを出してくる。正直扱いに困っていた。

今回の件もそうだ。国内店舗よりも、これからは海外店舗を増やしていきたい、という俺の経営方針とは逆に、叔父が提案してきたのは、都内にある『森堂商店街』の土地を再開発し、葉山総合の新しい大型ショッピングセンターを建設すること。

その商店街の周辺は、近年、急激に再開発が進んでいる場所でもあった。五年ほど前から、周辺の道路や公園の整備が行われている。最寄り駅の前には、コンビニやファストフード店、ドラッグストアなどが並ぶようになり、駅ビルも新しくなって店舗数も増え、映画館も新しくできた。また、最寄り駅の近くには、小さいながらもオフィス街はあるし、数駅離れた場所にはタワーマンションの建設計画もあると聞く。

一方で、森堂商店街は、その中にポツンと取り残されているように存在していた。周辺の人の往来《おうらい》は多いものの、古い商店街をわざわざ利用する人は少なく、そこ一帯だけ人通りが少ないのだ。

確かにもったいない土地だ。もっとほかに、現代に合ったなにかがあれば、そこにも確実に人がやってくるだろう。だから、ウチのショッピングセンターを建てるという叔父の目のつけどころは正しいと思う。

だがしかし、俺の方針は〝国内店舗よりも海外店舗を増やしていく〟こと。だから、いい条件の場所かもしれないが、ウチの新店舗をそこには作らない。本音を言えばほかにも理由があるのだが……。

とにかく社長である俺が反対しているのに、副社長の叔父の指示で商店街の再開発計画は勝手に進められているようだ。さっき目を通した報告書によると、商店街の住人たちへの説明が、今日、行われているらしい。

あのくそオヤジ。勝手なことしやがって。

「――佐上。次の全体会議はいつだ」

「はい。次回は……」

佐上はスーツの内ポケットから分厚い手帳を取り出した。白髪まじりの髪をきっちりと七三分けにし、フレームのない眼鏡をかけた佐上は、最近またシワが増えてきた指でさらさらとページをめくっていく。

俺が生まれる前から葉山家に仕《つか》えている佐上は、もう六十代だ。以前は祖父の秘書をしていた男だ。几帳面な性格から、絶大な信頼を寄せられていて、祖父が社長を退任してからも付き人として常にそばにいた。その信頼から、俺が社長に就任すると、今度は俺をサポートするよう祖父から言われて、秘書をしている。

俺はイスを回転させデスクの後ろの窓へと視線を向けた。窓の向こうには都心の高層ビル群がある。

ここからはあの小さな商店街を見ることはできないが、その方角を見つめて目を閉じると、ガキのころの記憶が今でも鮮明に蘇《よみがえ》る。

あの日、泣かせてしまったヤツのことを。

個人的な意見——そう言われてしまえばそうかもしれない。

社長失格だ——分かっている。

それでも俺は、あの商店街をどうしても壊せない。ウチの会社の再開発で、森堂商店街がなくなってしまえば、きっとアイツは泣くだろう。それは開発した企業の社長である俺が泣かせたも同然だ。

忘れられない女があそこにいる。俺のせいでその女をもう泣かせたくはない。

だから、たとえ副社長である叔父を敵に回すようなことになっても、森堂商店街だけは絶対に守ってやりたい。

第一章　取引

「商店街、なくなるの？」


「――えっと、社長？　おっしゃっている意味が分からないのですが……」

広く静かな社長室に私の声が響いた。

私が座っているソファのテーブルを挟んだ向かい側。光沢のある革ソファにどっしりと腰をおろしているのは、日本を代表する大手流通企業・葉山総合の御曹司《おんぞうし》、葉山光臣。昨年二十九歳という若さで代表取締役社長へと就任した男だ。

そんな彼の薄い唇の端がキレイに持ち上がる。

「だからさ、花《はな》ちゃん」

その低い声で呼びかけられたのが私の名前。湯本《ゆもと》花、二十四歳。

実家は、都内にある商店街で小さな食堂を営んでいる。短大を卒業後、葉山総合の子会社である『葉山物流』の事務員になって今年で五年目。そこの仕事は、主に葉山総合のグループ会社が開発・製造している食品や日用品、衣料品などのオリジナルブランドを保管・管理して、各店舗に出荷することだ。

これまで一度も仕事を休んだことがなければ、遅刻だってしたことがない。事務員だから、裏方の仕事しかできなくて実績を上げることなんてできないけれど、与えられた業務はソツなくこなし、頼まれたことは断らない。そんないたって普通のマジメな女子社員。

その私が、なぜ、親会社の本社ビルの社長室にいるのか。そして……。

「聞こえなかった？　俺の恋人になれって言ってんの」

なぜ、社長にこんなとんでもないことを言われてしまう事態に陥《おちい》っているのか。これには深い理由があって――。


ことの始まりは三日前。

四月半ばの金曜日。森堂商店街の入口にある森堂公園の桜は、例年よりも少し遅れて、四日前にようやく満開を迎えていた。それも少しずつ散り始め、強い夜風《よかぜ》に吹かれて花びらが舞っている。自宅の前に着いた私は、羽織っていた春物コートの袖口をなにげなく見た。するとピンク色の花弁が一枚くっついていた。それを手に取り、そっと宙に投げた。

今日は新入社員の歓迎会があったから、いつもよりもかなり家に帰るのが遅くなってしまった。既に日付が変わってしまっているので、両親はもう眠りについているだろう。私は、そろそろと玄関の扉を開けた。

「ただいまぁ……」

起こさないよう静かに扉を閉めて家の中に入り、そっと靴を脱ぐ。スリッパに履き替え、物音をたてないように真っ暗な廊下を進み、そのまま二階にある自室へと向かおうとした。すると、廊下の突き当たりにある居間から、うっすらと灯りが漏れているのが見えた。

あれ？　両親は寝ているはずなんだけど……。消し忘れかな？　そうだとしたら電灯を消しておかないと。

居間へ向かいふすまを引くと、両親が、座ってお茶を飲んでいた。

「あら、花ちゃんおかえり」

「遅かったな、花」

ふたりが私に気づいて振り返った。

おそろいのちゃんちゃんこを羽織った両親は、今年で揃って還暦を迎える。今年二十五歳になる私は、両親が結婚十年目にしてようやく授かったひとり娘で、自分で言うのも恥ずかしいけれど、愛情たっぷりに育ててもらった。

そんな両親は、ふたりで仲良く食堂を営んでいる。『ゆもと食堂』という名前でここ森堂商店街の中に父の祖父の代からあり、住民たちからも親しまれている。

仕入れや仕込みがあるため両親の朝は早い。いつもなら寝ているこの時間にどうしてまだ起きているのだろう。それに心なしかふたりの表情が暗い。私が帰ってくるといつも笑顔で迎えてくれるのに。

「なにかあったの？」

様子がおかしい両親を心配しつつ同じテーブルにつくと「なんでもない」という言葉が返ってきた。父は私を見ずに、テーブルの上の急須《きゅうす》を手に取ると、湯のみにお茶を注《そそ》ぎ、それを私の前に置いてくれた。

「ありがとう」

湯のみを両手で持ち、ふーふーと何度か息を吹きかけてから口をつける。まだお茶が熱かったようで舌がヒリヒリした。

そうしている間も両親の表情は曇ったままだ。これはやっぱりなにかあったに違いない。隠し事が苦手な両親。この様子を見れば、すぐに分かる。

「どうしてそんなに沈んだ顔してるの？」

問い詰めると、やがて母が深いため息をついた。

「花ちゃんには黙っていようと思ったんだけど……」

いつもより低めな母の声を聞いて、私は持っていた湯のみをテーブルに置いた。

「お店、もう続けていけないかもしれないの」

「えっ……？」

母の突然の言葉に戸惑いながら、父へと目を移すと、口を真一文字に結んで、難しそうな表情で下を向いていた。

両親は体力も気力もまだまだあり『百歳まで食堂を続ける』が合言葉だった。去年の秋には、私に婿《むこ》を取ってお店の跡を継がせたいと、都内の和食料理店で板前をしている四十歳の男性と無理やりお見合いをさせられたくらいだ。もちろんそれは丁重《ていちょう》にお断りしたけれど。そのくらいゆもと食堂を愛しているのに、お店を続けていけないってどういうこと？

「ちょっと待って。突然どうしたの？」

母に詰め寄ると、力のない笑顔が返ってくる。

「花ちゃんには黙っていたんだけど、今年に入ってから、森堂商店街に再開発の計画が出てきているのよ」

「再開発？」

「商店街の土地に、新しいショッピングセンターを建てようと計画している会社があるの。その説明会が今日あって、お父さんと一緒に行ってきたのよ」

「そう、なんだ……」

知らなかった。まさか森堂商店街がそんなピンチに陥っていたなんて。

森堂商店街は、ウチが経営するゆもと食堂のほかにも、三十店ほどの小さな商店が軒《のき》を連ねている。歴史も古く、どのお店もこの場所で長く商売を続けていた。

再開発ということは、それらのお店がすべて取り壊されてしまうということで……。

「森堂商店街、なくなるの？」

声が震えてしまう。小さいころから当たり前のようにあった商店街。それはこれからも変わらず、ずっとこの場所にあると思っていたのに。

「大丈夫よ。まだ正式に決まったわけじゃないの。もちろん商店街側は反対しているし、みんなこれからもこの場所でお店を続けていきたいと思ってる」

でもね、と母の表情が曇る。

「再開発を計画している会社が大きなところだから、私たちに太刀《たち》打ちできるかどうか……」

「それってどこの会社なの？」

気になって訊ねると、母が一瞬、私から目をそらしたのが分かった。そして言いづらそうに口を開く。

「葉山総合よ。花ちゃんが勤めている会社と関わりがあるから、言えなかったの」

「そんな……」

私はどう返したらいいのか分からずに黙り込んだ。

まさか、葉山物流の親会社が、そんな計画をしているなんて……。なんだかとても複雑な気持ちになってしまう。

すると、今まで黙っていた父が口を開いた。

「今日の説明会、葉山総合の副社長が来たんだが、まったく誠意が感じられなかった。俺たち商店街の住民の顔を一切見ずに、淡々と説明するだけ。金なら出す、気に入らなければ希望の金額を言ってくれ、だとよ」

金の問題じゃねぇんだよ、と父が苦しそうに顔を歪《ゆが》める。

「じいさんの代から続いている食堂を、俺が潰しちまうかと思うと……」

父は震える声でそう言うと、唇を固く結んだ。その唇が小刻みに震えていて、目尻にはうっすらと涙までたまっていた。そんな父の背中を母がそっとさする。

父の泣く姿を初めて見た私は、思わず目を伏せた。

森堂商店街の危機。きっと両親だけじゃなくて、商店街にお店を構えるご近所さんたちも同じくらい不安な思いをしているはずだ。小さいころからよく知っている顔を思い浮かべる。そして、長年の想い人でもある幼馴染《おさななじみ》のことも思い出す。

陽太《ようた》は、どう思っているんだろう……。

ウチの食堂の隣にある和菓子屋『佐々木庵《ささきあん》』の息子の佐々木陽太とは、歳が同じということもあり、小さいころからいつも一緒にいた。ウチの食堂が忙しい時は、陽太の家でご飯を食べさせてもらったり、陽太の和菓子屋が忙しい時はウチに泊まりにきたり。

陽太は実家の和菓子屋を継ぐのが夢で、高校を卒業してからは父親の下で修行をしていた。ようやく一人前だと認められて、もうすぐ正式に店主となる予定らしいけど、商店街がなくなってしまえばその夢も叶わなくなってしまう。それも心配だった。

森堂商店街には、ずっとこの場所にあり続けてほしい……。

その日の夜から、私の頭の中は『どうしたら商店街を再開発から守れるのか』ということでいっぱいになった。

「葉山光臣社長ですよね」


週明けの月曜日。

高層ビルが立ち並ぶオフィス街にある葉山総合の本社の正面玄関から中へ入り、受付をすませると、私は思わずエントランス内を見まわしてしまった。

「すごい……」

初めて来た親会社は、子会社であるウチの建物よりもはるかに大きくて圧倒される。会社というよりは、まるでどこかのリゾートホテルのようだった。白を基調にしたエントランスは、吹き抜けになっていて、明るい日差しがたっぷりと入り込んでいる。ところどころに観葉植物が置かれていて爽やかな印象だ。

「あ、ごめんなさい」

きょろきょろしながら歩いていたせいで、誰かにぶつかってしまった。

「こちらこそごめん。大丈夫?」

びしっとしたスーツに身を包んだ男性社員が私を心配そうにのぞき込む。首から下げている社員証には、所属部署と名前が入っていた。

「すみません、大丈夫です」

「それならよかった」

気をつけてね、と笑顔でそう言うと、彼はまた歩いていってしまった。

私の前方不注意だったのに優しい人だなぁ。

また誰かにぶつかってはいけないと、今度はしっかりと前を見て歩く。けれど行き交う社員のことが気になって、ついつい目がいってしまう。

さっきの男性もそうだったけれど、みなスタイルが良いのだ。スーツを着た男性は、背が高く脚も長いし、顔も小さい。オフィスファッションに身を包んだ女性も、みな美人揃いで化粧も髪形もきっちりときまっていた。

さすが大企業の本社ビルだなぁ。

そう思いながら、ふと、エントランスのガラスの窓に映った自分を見る。会社から支給された紺色の制服の上に、春物のベージュコートを羽織っただけのパッとしない服装。髪形はストレートな黒髪を後ろでひとつに結んだだけ。化粧はファンデを塗って眉を描き、唇に乾燥予防のために無色無香料のリップクリームを塗っただけ。

女子力ないよね……。

普段はそんなことで落ち込んだりしないけど、キラキラとしたエントランス内の様子を見ていると、思わず自信をなくしてしまう。

「それじゃあ行ってくる」

ここへ一緒に来たウチの会社の穂高《ほたか》部長が、エントランスの奥のエレベーターへと向かって歩いていった。その後ろ姿が見えなくなると、私は近くにあった来客用のソファに腰をおろした。本社ビルの雰囲気にのまれたせいか、背筋が伸びる。

今日、私は急遽《きゅうきょ》、ここへ来ることになったのだった。打ち合わせに参加する部長の、大量の書類持ちの手伝いだ。ふたりで書類の入った紙袋を持って電車で来た。

本来ならただの事務員である私の仕事ではないのだけれど、いつも部長と一緒に行っている男性社員が、今日は体調不良で休んでしまっていた。ほかの男性社員もそれぞれ仕事が忙しかったり、不在だったり。そこで、たまたま手の空いていた私が行くことになったのだ。

打ち合わせには参加しない私は、穂高部長が戻って来るまで、ここで時間を潰していなければならない。

「ふわぁ〜」

初めて訪れた本社ビルということもあり、初めは身体に力が入っていたけれど、座り心地のいいソファに座っているうち、いつの間にか緊張も解けてきた。思わず欠伸《あくび》が出て、慌てて手で口もとを隠す。

今日の私は少し寝不足だった。商店街の再開発計画を両親から知らされた金曜日の夜以来、あまり眠れていない。ベッドに入って目をつむると、どうしても商店街のことを考えてしまうからだ。

もしも森堂商店街がなくなってしまったら？　きっとみんなが悲しむ。陽太の夢が叶わなくなってしまう。

休日の間じゅう、そんなことがぐるぐると頭を巡ってばかりだった。

改めて立派なエントランスを見渡す。

この会社は森堂商店街の敵なんだ……。でも、この日本トップクラスの企業を相手に、反対運動をしても太刀打ちなんてできるのかなぁ……。

「――はぁ……」

ため息をつきながらコートのポケットに手を入れると、そこにはあめ玉が一粒入っていた。来る途中の電車の中で穂高部長からもらったものだ。

包装紙を取り、やや大きき目なそれを口の中へ放り込むと、ほんのりとイチゴの味が広がる。そのまま口の中であめ玉を転がしていると、突然、エントランスが騒がしくなった。飛び交《か》う人の声、忙《せわ》しなく歩く人の足音。奥からスーツ姿の男性社員三人が現れ小走りでかけていく。

何事だろう……？

そう思って彼らの向かった方を見ると、ちょうど玄関の正面に黒塗りの車が横付けされたところだった。車から降りた運転手が後部座席のドアを開け、ほぼ直角に腰を折り頭を下げた。

「お疲れさまです、社長」

きびきびとした大きな声で、私にもしっかりと届いた。

するとスーツの前ボタンを留めながら、ひとりの男性がゆっくりと車から降りてきた。身体のラインにぴったりと合ったネイビーのスーツ。周りより頭ひとつ飛び出すほどの長身。長い手足。さらさらの黒髪。そして、堂々とした立ち居振る舞い。

葉山総合代表取締役社長、葉山光臣。写真では何度か見たことがあったけれど、実物を見るのは今日が初めてだった。秘書らしき年配の男性と数名の部下を従えた葉山社長が入ってくると、エントランスの空気がピリッと引き締まったような気がした。すれ違う男性社員たちは、一様に立ち止まり頭を下げ、受付の女性たちは、うっとりとした眼差しを向けている。

そんな中で私は、来客用のソファに座って葉山社長御一行を眺めていた。すると、ふと葉山社長の視線が私に向けられたような気がした。が、すぐにそらされた。

目が合ったような気がしたけど、気のせいかな？

御一行が私の前を通り過ぎていこうとした時、秘書らしき男性が手帳を広げて葉山社長に声をかけた。

「──社長。森堂商店街の件なのですが……」

その言葉に思わずピクンと身体が反応する。

森堂商店街の件って、再開発のことだよね。

私はふたりの会話に耳をすませた。

「本日の会議で、先日、住民向けに行った説明会の報告が副社長からあるそうです」

「何時から？」

「役員はもう全員集まっておりますので、社長のご準備が整い次第、すぐに始められます」

「わかった。あのこと言うけどいいよな？」

「最終的な決定権は社長にありますので」

「それなら、今日こそはっきりと言ってやる」

葉山社長たちは、エントランス奥のエレベーターの前で立ち止まった。その姿をじっと見つめている私の心臓は、ドキドキとうるさく鳴っている。

さっきの会話によると、このあとの会議で森堂商店街の再開発についての話し合いがあるみたいだ。そしてその最終決定権は葉山社長の手に握られている。

いったいなにが決まるんだろう……。

落ち着かない気分を鎮《しず》めるために、一度大きく息を吸って吐き出した。するとあめ玉のイチゴ味の香りが辺りに広がった。

葉山社長は、まだエレベーターを待っている。私との距離は数メートル。声をかければ振り向いてもらえる距離に、私たちの商店街を壊そうとしている敵のボスがいる。

金曜日の夜、『もう店を続けられないかもしれない』と言った両親の寂しそうな顔、実家の和菓子屋を継ぎたいという夢を語ってくれた幼馴染の顔、いつも私に優しくしてくれた商店街のみんなの顔が頭の中に浮かぶ。

大好きな商店街が壊されてしまうなんて絶対に嫌だ。これからもずっとあの場所に残したい。

そう思ったら、いてもたってもいられなくなった。

エレベーターの扉が開き、葉山社長が乗り込もうとした、その時――。

「葉山社長っ」

私は思わず葉山社長を呼び止め、エントランスにはその声が響きわたった。

葉山社長はこちらを向いたものの、声の主が分からないのか、エントランス内をぐるりと見回した。

私は意を決してソファから勢いよく立ち上がって歩きだした。一歩足を踏み出すたびに、カツン、カツンとヒールの音が響く。周りの社員たちの視線を感じながら、私は社長だけを見つめて歩き、エレベーターの前で立ち止まった。

「俺を呼んだの、君？」

ズボンのポケットに片手を突っ込んだ葉山社長が、じっと私を見おろす。長めの黒髪からのぞく二重《ふたえ》で切れ長の目が鋭い。すっと通った鼻筋に薄い唇。近くで見るとクールな印象で、声をかけたはいいものの、続ける言葉が出てこない。でも、なんとかして声をしぼり出した。

「あ、あの。葉山光臣社長ですよね」

「ああ」

しっかりとした低い声で返される。

遠くから見た時も思ったけど、背がすごく高い。百五十センチの私よりも、たぶん三十センチは高いと思う。普通に立っていると、目線が彼の胸あたりにいってしまうので、首を反らせて見上げるような形になってしまう。

眉ひとつ動かさない涼しげな顔で見おろされ、少しひるむ。

「初めまして。私は葉山物流の社員の湯本と申します。葉山社長にお話ししたいことがありまして……」

人と話すのにこんなに緊張したのはいつぶりだろう。心臓が今にも飛び出してしまいそうにドキドキしていたが、両手をギュッと握りしめることでなんとかこらえた。

「少しだけお時間をいただけませんでしょうか？」

震える声でそう言って、私は葉山社長の目をじっと見つめた。

「君、社長に向かってなにを言っているんだ」

秘書らしき男性が声を荒らげて私と葉山社長の間に割って入る。

「社長は忙しいんだ。君の相手をしている暇なんてない」

「――佐上。お前、少し黙ってろ」

葉山社長は『佐上』と呼んだ男性の肩を軽く押し退《の》けて前に出てくると、じっと私を見おろしながら言った。

「俺に話があるって？」

「はい」

私もじっと見つめ返した。目をそらしたら負けだと思い、そのまましばらく見つめ合っていると、やがて葉山社長の口角がすっと上がった。

「いいよ。聞いてやるから俺の部屋へ来い。佐上、このあとの会議、三十分延期な」

「ちょっ……しゃ、社長。そんな勝手な」

秘書の男性──佐上さんがあたふたして慌てている。そんな彼を無視して、葉山社長がエレベーターのボタンを押すと、ゆっくりと扉が開いた。

「来い」

「わっ」

葉山社長に腕を掴《つか》まれて、私も一緒にエレベーターに乗せられてしまった。

「しゃ、社長」

戸惑っている佐上さんを残してエレベーターの扉は閉まり、ゆっくりと上昇を始めた。

「俺の女になれ」

「──それで？　俺に話ってなに」

社長室のソファに葉山社長はどかりと腰をおろし、長い脚を組んだ。

向かい側のソファに座らされた私は、背筋を伸ばし、膝の上に置いた両手にぐっと力を込めた。まさか社長室に連れてこられるなんて思わなかった。ここまで来て、自分の無謀な行為を後悔していた。

でも商店街を守りたいと思う気持ちは変わらない。葉山社長を見つめると、彼も私のことをじっと見ていた。

さすが数千人の社員を束ねる大企業の社長だけはある。まだ三十歳という若さなのに貫録があって、オーラが強い。近くにいるだけで圧倒されてしまう。

正直、こわい……。でも負けるわけにはいかない。私にはどうしても伝えたいことがある。

再び勇気を出して葉山社長を見つめた。

「あ、あのっ」

「もしかしてお前の話って」

私の言葉にかぶせるように葉山社長が口を開いた。

「俺に愛の告白か？」

「は？」

親会社の社長に向かって失礼だとは思うけれど、まさかのその言葉についマヌケな声が出てしまった。

愛の告白って……。どうしてそうなるの？

ぽかんとしている私をよそに、葉山社長が楽しそうに笑っている。

「いや、お前みたいなヤツよくいるんだ。この前はウチの秘書課の子だったな。ほら、俺って社長だけど若いでしょ？　なんか親しみあるみたいで、さらっと声かけられちゃうんだよな。ま、俺も来るもの拒まずな性格だから別にいいんだけど」

「へ、へぇ……」

エレベーターの前で見たときの堂々とした姿とのギャップに驚いて、また気の抜けた返事をしてしまう。

「その子ともワンナイトな関係で終わったんだけどね」

「ワ……ワンナイト？」

言葉の意味がすぐ分からずに、なんとなく聞き返してしまったことを、数秒後にひどく後悔した。別に知らなくてもいい単語だった。

「ひと晩だけ身体の関係を持ったってこと。相手もそれで満足してたみたいだし、俺もそういうほうが後腐れなくていいし」

というか私、いったいなんていう話をされているんだろう。こんな話を聞かされるために声をかけたわけじゃないんだけど。

葉山光臣……。想像していた人物とまったく違う。葉山総合の代表取締役社長に就任するなりグループ全体の売り上げを伸ばした将来有望な若手社長、そう経済誌なんかでたびたび特集が組まれているこの人。きっとすごく聡明なんだろうなぁ、と想像していたのに、こんな人だったとは。

でもなんだかさっきのやりとりで、張りつめていた糸がプツンと切れ、身体の力が抜けた。

この人にもう余計なことをしゃべらせないように、早く本題に入ろう。

ふぅ、と小さく息をはく。

「お忙しいのに呼び止めてしまってすみませんでした」

そう言って頭を下げると「いえいえ」と葉山社長が笑いながら答えてくれる。

「改めまして、葉山物流の社員の湯本花といいます」

まずはきちんと自己紹介から。

「ハナ……。かわいい名前だね。漢字はどう書くの？」

「漢字ですか？……えっと、草かんむりに化けるで花です」

「ふーん。お前にぴったりな名前だ」

「はあ。それは、どうも」

どういう意味か分からなかったけれど、褒《ほ》め言葉だと思って、一応、お礼を言う。

とはいえ、いきなり名前に食いつかれて、なんだかまたペースを乱されてしまった。

コホン、とひとつ咳払いをする。

「それでお話なのですが、森堂商店街をご存じですよね」

「もちろん。ウチが再開発を計画しているところだ」

葉山社長はソファの背もたれに寄りかかって腕を組み、「それで？」と、話の続きを促《うなが》す。

「私の実家がその商店街で食堂を営んでいるんです」

「食堂？」

葉山社長が前のめりになった。

「森堂商店街に食堂っていくつある？」

そんなことを聞いてどうするんだろう？

「え？　えっとウチだけですけど……」

「かなり前からか？」

「はい」

葉山社長は再びソファの背もたれによりかかると、顎《あご》に手をそえてなにかを考えているような表情を浮かべている。

なにかおかしなこと言ったかな。話を続けてもいいのかな……。

「あの……社長？」

そっと声をかけると、葉山社長が顔を上げる。

「ん？　ああ、ごめん。続けて」

ちゃんと話を聞く気があるんだろうか、と不安に思ったけれど、伝えるべきことは伝えなければ、と自分に言いきかせる。

「森堂商店街の再開発が進んだら、ウチはお店を続けてはいけません。両親がひどく悲しんでいます。だからやめてもらいたいんです」

私の言葉を聞いた葉山社長の目つきが、鋭く変わったのが分かった。

それに一瞬だけ怯《おび》えてしまったけれど、気持ちを落ち着けるためにふぅ、とまた息をはいて言葉を続ける。

「森堂商店街にあるお店はみな、ずっと昔から商売を続けているんです。確かに最近はお客さんも減っているし、畳んでしまうお店も増えていますけど……」

シャッター通り商店街とまではいかないけれど、高齢化が進むウチの商店街にも、その危機は迫っている。

「それでもみんななんとかして商店街を活性化させようと考えていますし、親の跡を継いでお店を守ろうとしている人もいます」

言いながら、身体に自然と力が入るのが分かった。爪が食い込むほど手をギュッと握りしめる。

五年ほど前から周辺で再開発が進められているのは知っていた。新しい商業施設が次々とでき、そこが賑わっている一方で、商店街に足を運ぶ人は減り続けていた。それでも昔なじみの常連さんは足繁く通ってくれるし、商店街を盛り上げるために定期的にイベントを開催したりもしている。私も昨年はうさぎの着ぐるみに入って風船を配ったっけ。あの時は、まさか一年後にこんな危機が訪れるなんて思ってもいなかったけど。

「みんな森堂商店街が大好きなんです。これからもあの場所でお店を続けていきたいって思っています。だから……」

スンと鼻をすする。

あれ……。泣くつもりはなかったのに、気づくと涙がたまっていた。涙がこぼれないように必死にこらえ、震える声で続ける。

「どうか、森堂商店街の再開発から手を引いてください。私たちの商店街を壊さないでください。お願いします」

言い終えて頭を下げると、目にたっぷりとたまっていた涙がポツンと手の甲に落ちた。慌てて目をこすり、これ以上、泣かないように、奥歯をギュッと噛《か》みしめた。

顔を上げると、葉山社長は、ただ黙って私のことを見ていた。その表情からはなにも読み取ることができない。涙はなかなか引いてくれなくて、私の目にどんどんたまっていく。それを服の袖でごしごしとこすった。

しんと静まり返った社長室に、時計の秒針の音だけが響いている。

しばらくして葉山社長が口を開いた。

「お前のウチの食堂の飯はうまいのか?」

「えっ?」

どうしていきなりそんな話？

突然の質問に困惑したけれど、でも、うまいのかそうじゃないのかと聞かれたら、

「おいしいですよ」

そう答えるに決まっている。

「父と母が作る料理は、世界一おいしい家庭の味です」

自信たっぷりに言うと、葉山社長の表情が、一瞬、ふっと和《やわ》らいだ気がした。

「家庭の味か……」

するとその時、社長室の電話が鳴った。

腕時計を見ると、社長室に来てからもう三十分が経っていた。私はソファから慌てて立ち上がる。

「大事な会議があるのに、お時間を取らせてしまってすみません」

葉山社長に深く頭を下げた。

「再開発の件、考え直していただけたらうれしいです」

そうは言ったものの、簡単にやめてはもらえないんだろうと思った。葉山総合だって、新しいショッピングセンターを建設することで、相当の利益を見込んでいるはずだから、私なんかの意見をすんなり受け入れてもらえるとは思えなかった。それでも、壊

そうとしている商店街を大切に思っている住人たちがいることを理解してほしかった。

葉山社長は、電話もとらず黙って聞いていた。私も思いは伝えることができたと思った。鳴り続けている電話は、会議の時間が迫っていることを知らせているんだろう。

私は社長室から退出しようと、もう一度軽く頭を下げてから扉に向かって歩きだした。すると、電話の音がやみ、葉山社長が「待てよ」と私を呼び止めた。

「言いたいことだけ言って帰るのか？　まぁ座れって」

そう促されて、少し躊躇《ちゅうちょ》したものの、私は再びソファに腰をおろした。すると、またもや電話が鳴る音が、今度は葉山社長のほうから聞こえてきた。社長は、スーツの内ポケットからスマホを取り出し、それを耳に当てた。

「俺だ。悪いがお前たちだけで先に会議を始めてくれ。あと少ししたら俺も行く。……ああ、分かってる。こっちも大事な取引をこれからするところなんだ。それがすんだらすぐに行く」

電話を切ると、スマホを内ポケットに戻す。

「手短かにすますぞ」

組んでいた脚を組み替えながら葉山社長が私に視線を向けた。彼の口角が上がる。

「いいよ。再開発やめてやっても」

「えっ？」

思わずキョトンとしてしまう。確かに考え直してほしいとは言ったけれど……。

「なんだそのマヌケな顔。お前がやめろって言ったんだろ」

確かにそうだけど、まさか、こうもあっさりと受け入れてもらえるとは思わなかった。

「そうですけど……でも」

動揺している私を見つめながら、葉山社長がふっと笑う。

「ただし、俺と取引をしたらだ」

切れ長の目が鋭く光る。

「俺が出した条件をのんだら、お前の望みどおり、再開発をやめてやってもいい」

「条件、ですか？」

「ああ。お前にもできる簡単なことだ」

いったいなにを言われるんだろう。

葉山社長の瞳をじっと見つめてその言葉を待っていると、彼がニヤリとした。

「俺の女になれ」

えっ……？　この人、今、なんて言ったの？

「えっと、社長？　おっしゃっている意味が分からないのですが……」

そう聞き返すと、葉山社長の低い声が私の名前を呼んだ。

「だからさ、花ちゃん。聞こえなかった？　俺の恋人になれって言ってんの。そしたら商店街から手を引いてやるよ」

いや……はぁ？　どうしてそうなるの？

困惑して次の言葉が出てこない私を見て「な、簡単だろ？」と葉山社長は楽しそうに笑っている。

簡単なことじゃないでしょ？　そんなめちゃくちゃな条件に、「ハイ」なんて言えるわけがない。

「ム、無理ですよそんなこと」

慌ててそう言い返すと、葉山社長は「あっそ」と、冷たい視線を私に向けて言った。

「じゃあ取引はなしだ。交渉決裂ってことで、これまでどおり、葉山総合は森堂商店街の再開発を進めるけど」

私は視線を下に落とし、ギュッと握ったままの手を見つめた。

普通に考えてありえない。商店街を再開発から救う代わりにこの人の恋人になるなんて、絶対にできない。

でも……それで大切な商店街を守ることができるなら、と思う自分もいる。

「で、どうする？　俺と取引する？　わざわざここに来てまで商店街を守りたいんだろ？」

それは否定できず、私はゆっくりと顔を上げ「はい」と小さくうなずいた。その反応を見た葉山社長がふんと鼻で笑う。

「だったら俺の恋人になれよ」

私が唇を強く噛みしめていると、葉山社長が大きく息をはいた。

「悪いけど時間がないんだ。迷う必要ないだろ？　俺の女になれば、お前の大切な商店街を守れるんだ。ほら、あと十秒で返事しろ。じゅう、きゅう……」

「えっ……ちょっと」

カウントダウンがゆっくりと始まっていく。

「はーち、なーな、ろーく」

どうしよう。どうしたらいいんだろう。

「ごー、よーん」

葉山社長の女になる……私が？

「さーん、にー」

でもそれで、森堂商店街を守れるんだよね。私がこの人と取引さえすれば……。

「い―ち……」

「わ、分かりました」

焦《あせ》ってついそう返事をしてしまった。カウントダウンを止めた社長は意地の悪い笑みを浮かべた。

「オーケー。じゃあ取引成立ってことで」

社長からの圧力が弱まった気がして、身体の力がすぅっと抜けていくのが分かった。

「ちょうどいい。今日の会議には再開発を進めようとしている副社長が来てるから、俺から白紙に戻せって言ってやるよ」

葉山社長はスーツの前ボタンを留めながらソファから立ち上がった。そのまま扉の方へ歩いていこうとして「あっ」となにかを思い出したように振り返った。そしてソファに戻ってくると私の隣に腰をおろした。その距離、ゼロセンチメートル。

「な、なんですか」

突然ぴったりと身体をくっつけられたので慌ててしまう。急いで離れようとすると、私の肩に葉山社長の腕が回され、そのままぐいっと引き寄せられた。

「取引成立の証《あかし》ってことで」

そう社長が言った次の瞬間、唇に生温かい感触が伝わって……。

——！

あっという間にキスをされてしまった。葉山社長の手がしっかりと私の後頭部を掴んでいるので、身動きが取れない。それでも抵抗しようと胸を押し返したけれど、びくともしなかった。

しばらくして、ようやく唇が離された。

「ん？　……イチゴ味？」

そうつぶやいて、葉山社長が愉快《ゆかい》そうに笑った。私はとっさに自分の口を両手でおさえる。あめの味が、まだ残っていたのだろう。

それから葉山社長は、ソファから立ち上がって私に背を向け扉へと向かい、ドアノブに手をかけたところで再び私を振り返った。

「今日からよろしくな、花」

勝ち誇ったように告げると葉山社長は部屋を出ていった。

しんと静まり返った社長室にぽつんと取り残された私は、彼が出ていった扉を眺めながら思った。もしかして私は、とんでもない人ととんでもない取引をしてしまったのかもしれない、と。

「再開発なくなったのよ」

エントランスに戻ると、再び来客用のソファに腰をおろした。穂高部長の打ち合わせはまだ終わっていなかった。あの大量の資料からすると、まだ時間はかかるだろう。あんなことがあったあとだから、少しでも早くここから帰りたいのに……。

さっきの社長室での出来事を、なるべく考えないようにしてちらちらと時計に目をやりながら部長を待った。二時間ほどたって、ようやく会議が終わったようで、『遅くなってごめん』と穂高部長が大きなお腹を揺らしながら戻ってきた。そのいつもと変わらぬ姿を見ると少しだけホッとした。

会社へ戻る前にお昼を食べていこうということになり、近くのファミリーレストランに入った。せっかくの穂高部長のおごりなのに、私は食べ物がまったく喉を通らず、注文したトマトパスタをやっとの思いで食べた。一方の部長は、打ち合わせがうまくいったのか上機嫌で、昼間からぶ厚いステーキをライス大盛りで食べていた。パンパンのスーツの前ボタンが弾け飛ばなければいいけれど。

会社に戻ってからも、ずっとぼんやりしていて仕事に身が入らず、いつもならしないようなミスを繰り返してしまった。ようやく定時になって仕事が終わると、私はすぐに会社を飛び出した。

帰宅途中もぼんやりしたままだった。考えないようにしているのにふとした瞬間に葉山社長のことが頭に浮かぶ。

電車の吊り革に掴まりながら、空いているほうの手でそっと唇を触った。

ファーストキスだった。この歳にして恥ずかしい話なのだけれど、私はまだ男性とお付き合いをしたことがない。だからキスも初めてだった。まさかあんな形で強引に奪われるとは思ってもみなかった。それに『彼の女になる』なんてとんでもない取引をしてしまったし。

でも、あれは本気だったのかな……？

駅を出てしばらく歩くと、森堂商店街に入った。

「あら、花ちゃんおかえり」

店先でだんごを焼いている田中《たなか》のおばあちゃんに声をかけられた。

今年九十一歳になる彼女は『田中団子《だんご》屋』というお店を営んでいる。商店街では最高齢なのに、腰もまっすぐに伸びているし、いつも明るくて元気だ。

「こんばんは」

立ち止まって挨拶《あいさつ》をすると、名物のしょうゆだんごの香ばしい香りが漂ってきた。ほかにも、みたらし、あんこ、ずんだ、ごま……田中のおばあちゃんの手作りだんごはどれもおいしい。

「そうだ、花ちゃん、ちょっと待ってなさい」

前を通り過ぎようとすると呼び止められた。田中のおばあちゃんがすたすたとお店の奥に消えていく。しばらくして戻ってくると、手に透明のタッパーを持っていた。

「これお店の余りだから。家に持って帰りなさい」

顔をシワだらけにして田中のおばあちゃんが笑った。

「今日はすんごくいいことがあってね。調子に乗っておだんごをいつもよりも多く作り過ぎてしまったんだよ」

「いいの？　いいことってなに？」

そう聞き返したけれど、田中のおばあちゃんはにこにこと微笑むだけで教えてはくれなかった。ま、いいか。

「ありがとう。家に帰って食べるね」

私はおだんごの入ったタッパーをカバンにしまった。

それから改めて挨拶をして、再び帰りの道を歩いていった。すると、通りを進むたびに商店街の人たちから声をかけられ、お店の商品を次々と渡された。『小柴《こしば》精肉店』の小柴さんからは牛肉コロッケを、『丸田《まるた》ベーカリー』の丸田さんからはアンパンとメロンパンを、『パティスリーSASANO』の笹野《ささの》さんからはイチゴのショートケーキを。それらを両手に抱えて歩きながら不思議に思った。

どうして今日に限ってこんなにもらえるの……？

仕事の行き帰りはいつも商店街を通る。顔を見れば挨拶をして話をしたりはするけれど、こうしてお店の商品をもらえることはほとんどない。それに気のせいかもしれないけど、朝の通勤の時より商店街の人たちが生き生きとしている……。

首をひねりながら歩いていると、いつの間にか家に着いていた。

「ただいまぁ」

食堂の扉を開けると、おいしそうな香りが店の中いっぱいに広がっていた。これはきっと煮物だ。肉じゃがかなぁ。

「おかえり、花」

厨房から父の声が返ってくる。

お店は既に開店していたけれど、お客は常連さんがふたりほどいるだけ。私は空いている四人掛けの席に座ると、帰り道で商店街の人たちからもらったモノをテーブルの上に置いた。

厨房を見ると、父が慣れた手つきで、料理を作っている。すると白いエプロン姿の母が、ふきんを手にお店の奥から現れた。

「花ちゃんおかえり」

顔には満面の笑みを浮かべている。

「どうしたの。なにかいいことでもあった？」

分かりやすいくらいニコニコしているので気になって問いかけると、母の顔はさらにぱぁっと明るくなった。

「花ちゃん聞いて！　商店街の再開発がなくなったのよ。これからもここでお店を続けていけるの」

えっ、再開発が、なくなった……？

私は目を大きく見開いた。

「葉山総合の人が来て、計画を白紙に戻したって言ったの」

「そ、そうなんだ」

よかったね、とつぶやくと、母が眉根を寄せて私の顔をのぞき込んだ。

「花ちゃんったら、あまりうれしそうじゃないのね」

「えっ？　あ、ううん。うれしいよ」

アハハと笑ってみせたけれど、顔がピクピクと引きつる。しかしそんな娘の異変に母はまったく気が付いていないようだった。

「突然だし、なぜだか分からないけど、ひとまず安心ね。商店街のみんなも喜んでいたわ。田中団子屋の田中さんなんて、おだんごを半額で売り出してたし、ほかのお店も気分が上がって商品を安売りしたりしてたし。みんな商店街の存続がうれしいのね」

興奮した様子でそう告げると、母は持っていたふきんでテーブルを拭き始めた。

商店街の人たちが珍しく私にお店の商品をくれたのは、そういうことだったんだ。

「本当だったんだ……」

思わずポツリと言葉が漏れた。すると、その声が聞こえたのかテーブルを拭いていた母が手を止めて振り返る。

「なにか言った？」

「えっ？　ううん、なんでもないよ」

そう笑ってごまかすと、母は不思議そうな顔をしたあと、再び手を動かし始めた。

本当だった。本当に商店街の再開発がなくなった。

私が葉山社長と話をしたのが今日の午前中のこと。まさかこんなに早く計画を白紙に戻してくれたなんて。ということは……。

『俺の恋人になれば商店街から手を引いてやるよ』

葉山社長との取引を思い出すと、背中にぞぞっと冷たいものが走った。

母には言えない。ううん、誰にも言えない。商店街の再開発を計画していた企業の社長と私が、そんな取引をしたなんて……。

第二章　取引の恋人

「取引は始まってるんだ」


あれから一週間が経った。

森堂商店街は以前よりも活気が出ているような気がする。再開発という大きな危機に直面して、みんなの団結力がさらに強まり、商店街に対する思いが増したからかもしれない。葉山社長は、本当に森堂商店街から手を引いてくれたみたいだ。

『俺の女になれ』、なんてとんでもない取引を持ちかけられて、なりゆきでうなずいてしまったけれど、あれから葉山社長からの連絡はない。

もしかしたら冗談だったのかも……？　最近ではそう思うことにしている。

あのあと、会社の同じフロアで働いている持田由美《もちだゆみ》さんに、お昼の休憩の時、それとなく葉山社長のことを聞いてみた。もちろん取引のことは内緒にして。

私よりふたつ上の持田さんはいつもしっかりと化粧をし、明るい茶色の長髪をゆるく巻き、少し強めの香水をつけている。派手な見た目だけれど、親しみやすくて面倒見がいいから、社内で一番仲良くしていて、お昼ご飯を一緒に食べたり、仕事終わりに食事へ行ったりもしている。

その持田さんの学生時代の友人が、葉山総合の本社で働いているため、その事情にも詳しく、葉山社長の女性関係のことも教えてくれた。

持田さんによると、葉山社長は相当なプレイボーイらしく、以前は有名なモデルや女優と付き合っていたとか、今も高級クラブのホステスさんと遊び歩いたりしているとか。女性についてはあまりいい噂を聞かないらしい。

そういえば社長室でも葉山社長自身がそんなことを言っていた。女性社員とワンナイトの関係を持ったとか……。そんなに女性関係が派手な人が、私みたいな普通の事務員を相手にするはずがない。

あれから連絡もないことだし、あの取引は葉山社長の気まぐれで、私がからかわれただけ。もしかしたら本人も、忘れているのかもしれない。うん、きっとそうだよね。

今日もそんなことを考えながら午後の仕事をしていたら、いつの間にかフロアの時計が十五時を指していた。現在、フロアには私を含めた女性事務員が数名と、穂高部長だけ。午後のこの時間帯は、男性社員はほとんど営業などに出てしまい、不在になるのだ。静かなフロアに、パソコンのキーボードを打つ音だけが響いている。

すっかり凝ってしまった身体をほぐすために、腕を上に突き上げて伸びをした。デスクの上には、今日中に処理しなければならない伝票がたまっている。

ここからラストスパートをかけよう。その前にさっきからじわじわと襲ってくる眠気を覚ますためにコーヒーでも飲もうかな、と席を立とうとした時だった。

「え？　湯本ですか……？」

鳴った電話をとった穂高部長が、ふいに私の名前を口にした。視線を移すと、部長が頭をぺこぺこと下げている。

「はい。湯本花は、確かにうちに在籍しておりま……あ、はい。分かりました。すぐに代わります」

穂高部長は勢いよく顔を上げると、「ゆ、湯本くんっ。ちょっとこっち来て」と手招きして私を呼んだ。

なんだろう？　なんか部長は焦っているような気がするけど。

とりあえず穂高部長のデスクへと向かうと、部長は電話の保留ボタンを押してから受話器を戻し、ポケットからハンカチを取り出して額《ひたい》の汗をぬぐった。

「どうしました部長？」

「いったいどういう関係なの？」

え……？　どういう関係って？

質問の意味が分からずに首をかしげると、穂高部長が辺りをキョロキョロと見回しながら小声で言った。

「親会社の葉山社長と。今、電話がきてる。君に代わってほしいって言われたんだけど、湯本くんと葉山社長はどういう繋がりがあるの？」

「繋がり……」

一週間前のあの出来事と、『俺の女になれ』という言葉が蘇ってくる。

ま、まさか……。

「と、とにかく早く電話に出て。三番で繋がってるから」

穂高部長に急《せ》かされて自分の席に戻り、受話器を取ると三番のボタンを押した。

「――はい。湯本ですが」

《遅いよ出るの。この俺を待たせるな》

低くてよく通るこの声には聞き覚えがあった。

「お待たせしてしまって申し訳ありません。……えっと、私になにかご用ですか？」

少し離れたところから心配そうに、穂高部長が私のことをちらちらと見ている。なにを話しているのか気になるのだろう。私は部長に背中を向けて、ほかの事務員にも聞こえないよう受話器に手を添えて小声で話した。電話の向こうの葉山社長は大きな声で話すので、会話が周りに聞こえないかヒヤヒヤした。

《あれから出張や会議で忙しくてな。お前に連絡しようとしたんだけど、そういえば連絡先聞くの忘れてた。ウチの子会社にいるって言ってたから、電話してみたんだけど。お前、今日ヒマ？　仕事、何時に終わる？》

「えっ、えっと……」

《俺の会議が四時に終わるから、それからでいいな。じゃ、あとで迎えにいくから》

「あっ、ちょ、ちょっと待ってくだ……」

そこで電話は切れた。ツーツーと空しい音が耳に響く。しばらく呆然とその音を聞いていたけれど、やがて我に返って静かに受話器を置いた。

「ゆ、湯本くんっ、葉山社長からの電話、なんだった？　どういう内容だったの」

穂高部長が慌ててかけよってくる。

「なんだったんでしょうか」

自分でも突然すぎてよく分からなかった。迎えに来るって言っていたけど……。

「湯本くんが葉山社長と関わることなんてないよね？　それなのにどうして……」

「ちょっとした知り合いです。あっ！　部長、休憩の時間ですよ。コーヒー淹《い》れてきますね」

ごまかすように穂高部長の言葉を遮《さえぎ》り、私は慌てて部屋を飛び出した。

私と葉山社長の関わりといえば、やっぱりあの『取引』しかなかった。

その男は約束どおりに現れた。

仕事が十七時過ぎに終わり、会社から出ると、派手な黄色の車が道路脇に停められていた。低めの車体で、ドアが真上に向かって開いている。一目で外国製の高級車だと分かった。その車に寄りかかるようにして立っていたネイビーのスーツに身を包んだ長身の男は、私を見つけるなり声をかけてきた。

「よお、花！　迎えに来た……って、おい！　お前、なに逃げようとしてるんだ」

葉山社長は素通りをしようとした私の手首を掴み、そのまま車の助手席へと押し込んだ。運転席に座った葉山社長がゆっくりとアクセルを踏むと、そのまま滑るように車が動き出す。

「あの……どういうことでしょうか？」

高層ビルの間を進み、やがて車が赤信号で停まったので、ようやく私は声をかけた。

「どうって？」

ハンドルに手をかけたまま、こちらを見ずに葉山社長が答える。

「どうして私があなたの車に乗せられているのかなぁと思いまして……」

「お前、それ本気で言ってるのか？」

葉山社長が呆れたように言う。信号が青に替わると、再び車が動きだした。

「商店街の再開発、なくなっただろ」

「あ、はい。……ありがとうございました」

小さな声でお礼を言ってから、ペコリと頭を下げる。それに関しては、感謝している。商店街の再開発をやめてくれるよう頼んだものの、まさかその当日に、本当に計画がなくなるとは思わなかったから。

でも、そんな大事なことを独断で決めて、葉山社長は大丈夫なのかな……。いくら会社のトップとはいえ、社員からの反感をかったりはしてないのかな。

隣の運転席へちらっと視線を送りながら、少しだけ心配になった。

「俺はお前との約束をきちんと守っただろ」

考えごとをしているのに声をかけられて「へ？」とマヌケな声が飛び出す。そんな私を葉山社長はちらっと見て、すぐ視線を前に戻した。

「取引しただろ」

その言葉にビクッと身体が跳ねる。

「えっと……。取引、ですか？」

しっかり覚えていたものの、つい聞き返すと、葉山社長が不機嫌そうな声を出す。

「お前、忘れたのか？」

「え……。いや、あの……」

低い声が、とてもこわい。ピリリと空気が張りつめる。ラジオから流れているしっとりとした洋楽とはまったく不釣り合いな車内の雰囲気。

「商店街の再開発をやめる代わりに、俺の女になる。そう取引しただろ」

冗談で言われたと思おうとしていたのに、まさか本当に成立していたなんて。

「なに黙ってんだよ」

なにも答えずにいる私を、葉山社長が横目でにらむ。

「俺は約束どおり、商店街から手を引いた。お前もしっかりと俺との取引を守れ」

そうだよね……。あの日、確かに私はあの取引にうなずいてしまった。

「ってことでお前は今日から俺の女になる。分かったか」

分かったか、と言われても……。

「返事は？」

答えにつまったものの、語気を強められて、その迫力に思わず「は、はい」とうなずいてしまった。

「小さい声だな。不満なの？」

「いえ、不満というか」

もごもごと口ごもっていると、葉山社長が追いうちをかけるように言う。

「だったらやめるか？　あの取引、なかったことにしてあげてもいいけど」

「本当ですか⁉」

できることならそうしたい。正直に言えば、あの時の私は葉山社長のカウントダウンに焦ってしまって、よく考えもせずに承諾《しょうだく》してしまった。なかったことにしたいに決まっている。

「でもそれなら、森堂商店街の再開発、今からでも推し進めるけどいいの？」

「そ、それはっ」

困る。なんとしても阻止したい。あの日の商店街のことを思い出した。喜ぶ両親の姿。安心したように笑っていた商店街のみんなの姿。再開発の話がまた浮上したら、その笑顔がまた曇ってしまう。商店街は、葉山総合を敵に回して戦わなければならなくなる。

「そういえばお前って彼氏いるの？」

急にそう尋ねられて、四歳のころから二十年間想い続けている幼馴染の陽太の顔を思い浮かべた。でも彼は私の彼氏じゃない……。

「いません」

「じゃあ問題ないな」

確かに彼氏はいないけど、それとこれとは話が別だ。

「なにも俺のこと本気で好きになれなんて言ってるわけじゃない。ちょっとした遊びだと思えばいいだろ」

「遊びって……」

たくさんの女性と関係を持っている葉山社長にとってはそうかもしれない。でも、私は違う。遊びで誰かと付き合うなんてことはできない。けれど、この人の言うことを聞かなければ森堂商店街が再び危機に陥る。どうしたらいいんだろう……。


結局、なんの答えも出せないまま、気がつくと車は高層マンションの駐車場に停まっていた。今さら帰るわけにもいかず、車を降りて葉山社長のあとをついていく。

どうやらここは葉山社長の自宅のようで、最上階にある部屋に通された。玄関から長い廊下を歩いて行った先にあるリビングに入ると、そこはとても広かった。まず目を引いたのは立派なアイランドキッチンだった。ほかには、四人掛けの白いダイニングテーブルとイス、革のソファ、ガラスのローテーブル、テレビなど、必要最低限のものしか置かれていない。家具が少ないせいか、よりいっそう広さが際立っている。

もうひとつ目を引いたのが、ガラス張りの大きな窓。吸い寄せられるように近付くと、そこからは都心の夕暮れの景色が一望できた。

「わぁ……。すごくキレイ」

その光景に感動して眺めていると、後ろから呆れたような声が聞こえた。

「お前って単純だよなぁ」

振り向くと、葉山社長がスーツの上着を脱いでソファの背もたれにかけ、片手でネクタイを緩めているところだった。

「まぁ、商店街の再開発をやめろと俺に直接言ってきた時点で、猪突猛進《ちょとつもうしん》な単純バカだと思ったけど」

「単純バカって……」

いくらなんでもその言い方はひどくない？

葉山社長は、今度はワイシャツの第一ボタンを開けた。隠れていた喉もとがはっきりと見えるようになり、それだけで男性慣れしていない私には充分、刺激が強くて思わず視線をそらしてしまった。

「取引成立ってことでいいんだよな。ここへ来たってことはそういうことだろ？」

そう言いながら葉山社長が私へと近付いてくる。あっという間に距離を詰められ、気がつけばすぐ目の前に葉山社長の胸板があった。逃げたくても後ろの窓に背中をつけるとそれ以上は下がることができない。

ど、どうしよう……。どうして家までついて来てしまったんだろう。

ひどく後悔したが、いまさら遅い。

「……花」

名前を呼ばれると同時に、葉山社長は私を追い込むかのようにガラス窓にトンと手をついた。怖くて思わずうつむいてキュッと目をつむった。

「俺、自分の女は、まず味見する主義なんだよね」

そう言って葉山社長は私の顎を掴むと、そのままクイッと持ち上げ、自分の顔を近づけてきた。

「もう取引は始まってるんだ。黙って俺に従え」

鼻と鼻が触れ合いそうな距離でそう言われ、やっぱり私は単純バカだと思った。あんな取引にうなずいてしまったうえに、よく知らない男性の家について来てしまうなんて。これからどういう展開になるかは、経験のない私にだって理解できる。葉山社長を突き飛ばせば逃げられるかもしれないけど、身体が動かなかった。

「……花」

葉山社長にもう一度名前を呼ばれ、観念して目を閉じた、その時だった。

ぐぅ～～。

と、なんとも情けない音が聞こえた。お腹の鳴る音は、私ではなくて葉山社長の方から聞こえた。目を開けると、葉山社長のおどけるような顔が飛び込んでくる。

「なんかメシでも作って」

その言葉を聞いて一気に身体の力が抜けた。私の顎を掴んでいた葉山社長の手は、いつの間にか自分のお腹をさすっていた。

「腹へってんだよ。ほら、キッチンそこだから、なにか適当に作って」

「私が作るんですか？」

「お前以外に誰が作るんだよ」

そんなこと突然、言われても困る。でも『味見』ってそういう意味……？

「お前、この前言ってただろ。実家が食堂やってるって。食堂の家の娘なら、料理くらい作れるだろ」

確かに小さいころからお店が忙しい時は手伝いをしていた。食堂で出している料理はすべて教えてもらっているし、料理も好きで普段からよく作ってはいる。でも、ここでいきなり料理をしろと言われるとは思ってもみなかった。

「ほら、早く作れって」

命令口調なその言葉に「わ、分かりました」と言い、若干、戸惑いつつ、ここは大人しく従うことにする。

重い足取りで、立派なアイランドキッチンへと向かう。傷や汚れがひとつも見当たらないそれに触れるのを一瞬、ためらってしまったけれど、とりあえず収納扉を開けてみた。するとそこにはさまざまな調理器具が収められていた。さらに引き出しを開けるとたくさんの調味料が揃っていて、中には初めて見る香辛料もあった。

「すごいですね、このキッチン」

ウチの食堂の厨房よりも調理道具や調味料が充実していそうだった。新品同様のアイランドキッチンを最初に見た時は、きっとただの〝お飾り〟で、葉山社長がここに立つことはないのだろうと思ったけれど、そんなことはなさそうだった。

「普段からお料理なさるんですか？」

いつの間にかソファに座ってくつろいでいる葉山社長に声をかけると、「たまにな」と返事が戻ってくる。

そこで思い出した。そういえば葉山社長のお母様は、有名な料理研究家だった気がする。名前は確か葉山今日子《きょうこ》。だから息子の葉山社長も料理が好きなのかもしれない。

お母様のおいしい手料理を食べて育ったであろう葉山社長の口にあう料理が作れるのか分からないけれど、なにを作ろうかな……。簡単に作ることができて、すぐに食べられるものがいいはず。

うーん、と考えながらキッチンの引き出しの中を探っていると、開封されていないフェットチーネの袋を見つけた。大きな冷蔵庫を開くと数種類の食材が入っている。

ウチの厨房の倍ほどはある広さ、しかも初めて使うキッチンに戸惑いながらも、私はある料理を完成させた。

「できましたよ」

丸皿に出来上がった料理を盛りつけて、ダイニングテーブルへと運ぶ。

「へぇ。うまそうじゃん」

料理を見た葉山社長が満足そうにうなずいてくれたので、ひとまず安心する。

私たちはダイニングテーブルに向かい合って座った。

「カルボナーラ?」

「はい。フェットチーネがあったので使わせていただきました」

「ああ。確か前の海外出張の時に見つけて買ってきたんだった」

フェットチーネは平たいパスタだ。普通の断面が丸いパスタよりも、ソースとよく絡むので、カルボナーラにはぴったりだ。なんでも使っていいと言われたので、遠慮なく使わせてもらった。冷蔵庫の中にも、卵とベーコン、チーズ、たまねぎがあった。生クリームはなかったけれど牛乳とコンソメがあったので、それでソースを作った。

「お口に合うかどうか分かりませんが」

自分で味見はしたけれど、葉山社長が気に入ってくれるかは不安だった。なにせ相手は有名料理研究家の息子だ。それに、大企業の御曹司でもあるのだから、小さなころから高級料理に慣れ親しんでいて、さぞ舌も肥えているはずだからだ。

「じゃ、いただくか」

葉山社長はフォークを手に取ると両手を合わせ「いただきます」とつぶやいた。フォークにパスタをくるくると巻きつけ、口へ運ぶ。

「おお。うまいじゃん」

「本当ですか？」

「うん。まぁまぁうまい」

まぁまぁって……。ま、いっか。

「お前も食べれば？」

私の分も一緒に作っていいと言われたので、カルボナーラはふたり分作ってある。

私もフォークにパスタを巻きつけて口へ運んだ。

うん……。確かにまぁまぁな味かもしれない。言い訳になるかもしれないが、私は洋食よりも和食のほうが得意なのだ。父に教えてもらった料理のほとんどが和食だから、小さいころから作り慣れている。

でもそのまぁまぁな出来のカルボナーラを、葉山社長はぱくぱくと食べ進めてくれている。お腹が空いているとなんでもおいしいって思えるっていうからね……。

「そういえば葉山社長のお母様って、料理研究家の葉山今日子さんですよね？」

さっき思い出したことを本人に尋ねてみた。

「ああ」と、葉山社長はフォークにパスタを巻きつけながらそっけなく答える。

「お母様から料理を教わったりしたんですか？　葉山社長も普段から料理をよくされているみたいだし」

独身男性の部屋には入ったことがないけれど、こんなに道具や食材が充実しているのは珍しくて、それはきっとお母様の影響なのだろうなぁと思ったのだけれど。

そう問うと葉山社長は不機嫌そうに大きなため息をついた。

「母親の話はしたくない」

「あっ、ごめんなさい」

そう言われて、お母様が半年ほど前に亡くなったことも思い出した。人気の料理研究家・葉山今日子が、大企業・葉山総合の社長である夫の死から半年後、突然、病気で命を落としたというニュースは、ワイドショーでも大きく取り上げられていた。

「すみません。悲しいことを思い出させてしまって」

頭を下げると、そんな私を見た葉山社長がふっと笑った。

「いや、お前が今、想像しているような理由じゃない。話したくないって言うのは、単に俺があの人のことを嫌いだったから」

それだけだ、とつぶやいて、葉山社長は再びカルボナーラを食べ始めた。

葉山社長、お母様と仲よくなかったのかな……。

少しだけ気になったけれど、私が安易に入り込んではいけない話題のような気がしたので、それ以上は聞かないことにした。


森堂商店街の入口。その道路脇に、葉山社長の派手な黄色の車が停まる。あのあと、葉山社長は私をここまで送ってくれた。心配したような身の危険は起きず、結局、私はただ、葉山社長の家で夕食を作って一緒に食べただけだった。

「ありがとうございました」

「家の前まで送ろうか？」

葉山社長が車によりかかりながら腕を組んで言う。

「いいえ、ここでけっこうです」

商店街の前の道は、小さな車がようやく一台通ることができるくらいの幅しかないし、それに誰に見られるか分からない。派手な高級車から私が降りて来た、なんてことが見られた日には、すぐに商店街中にその噂が広がるだろう。

「じゃ、気をつけてな」と言って葉山社長が私の頭にポンと手を乗せる。

「おやすみなさい」

私は彼に背を向け、商店街へと歩きだした。

腕時計を見ると二十一時。食堂はまだ開いている時間だけど、いつもより遅い時間に帰宅すると、両親にどこへ行っていたのか聞かれるから、家のほうの玄関から入ろうかな。そんなことをぼんやりと考えていると、低い声に呼び止められた。

「……なぁ、花。あそこに本屋なかったか？」

葉山社長は腕組みをしたまま車によりかかり視線をどこかへ向けている。視線の先にあったのは商店街の入口にある錆びついたシャッターが下ろされた古い建物だった。

ああ、と私は思い出して答えた。

「『三崎《みさき》書店』のことですか？　八年くらい前に店主が亡くなったので閉店しましたよ」

三崎書店は昔からあった古書店で、貴重な本もたくさん置かれていたらしく、それを目当てにわざわざ遠くから足を運ぶ人も多かった。確か息子さんがいたけれど、地方の会社に就職していて、家族もいるので跡を継げなかったそうだ。お店を続けていくことができなくなり、大量の本は息子さんが近くの図書館へ寄贈したと聞いた。

「葉山社長、三崎書店のこと知っているんですか？」

「いや、別に……」

今は看板も出ておらずシャッターも下りているから、見た目はただの空き家で、かつて古書店だったことは分からない。それなのに、どうして気付いたのか気になってたずねたけれど、歯切れの悪い返事が返ってくる。

もしかして、来たことがあったのかな、と不思議に思いつつも、それ以上は聞かないことにした。

「おやすみなさい」

そう告げて、再び彼に背を向けて歩きだした。しかし、「……花」とまた声をかけられて呼び止められてしまう。

「今度はなんですか？」

「ちょっと来て」

葉山社長が手招きをしているので、私はため息をつきながら来た道を戻った。

「もっとこっち来て」

そう言われ、なんだろうと思いさらに近付くと、ふいに手首を掴まれぐっと身体を引き寄せられた。そして葉山社長の顔がぐっと近づいてきたと思ったら、唇に生温かな感触が……。

葉山社長の唇が私のそれに押し付けられ、ちゅっ、という音をたてて離れていくと、社長は口の端を持ち上げて意地悪く笑った。

「お別れのチュー」

掴んでいた私の手首を離すと、葉山社長は「また明日な」と言い残して運転席へ乗り込んだ。そのまま派手な黄色の車は、暗闇の中へと消えていった。

「危機感もてよアホ」


　翌日のお昼休み。女性社員たちの賑やかな話し声がし、お昼ご飯の香りが漂う休憩室で、私は座ってぼんやりと窓の外を眺めていた。フタを開けたまま、まだ手を付けていないお弁当を前に、右手にはお箸を持ったまま、意識が完全に飛んでいる。

「はぁ……」

　昨日の出来事を思い出すたびに、まるで魂まで抜けてしまうんじゃないかと思えるほどの深いため息がこぼれる。私はどうしてあんな取引をしてしまったんだろう。

「どうしたの、ため息なんてついて。なにかあったの？」

　明るい声が聞こえて、肩をポンとたたかれた。鼻にツンとくる香水の香りがし、振り向くと持田さんがいた。彼女は向かいのイスに腰をおろすと、長い前髪をさっと手でかき上げる。

「花のお弁当は今日もおいしそうだね」

　持田さんが私のお弁当をのぞき込む。料理が苦手だという彼女は、私の手作り弁当をよく褒めてくれる。

「毎朝、自分で作ってるんでしょ？　すごいよね。実家が食堂だから花も料理が上手なのかなぁ。あっ、そのだし巻きおいしそ～」

だし巻き卵は食堂の食材の残りのしらすをもらって卵に混ぜたものだ。

「ひとつ食べますか？」

あまりにもじーっと見られているので聞いてみると、「いるいる！」と持田さんは笑顔でうなずいたけれど、すぐに「あっ、でもいいや」と表情を曇《くも》らせる。

「私、今ダイエット中なんだよね」

と、コンビニで買ってきたサラダを私に見せた。ここのところ、持田さんのお昼はサラダばかり。今のままでも充分スリムなのに、本人はあと三キロは体重を落としたいらしい。持田さんはサラダにドレッシングをかけて食べ始めた。

すると、制服のポケットに入れていたスマホが振動を始めた。取り出して画面を確認する。

「出ないの？」

スマホを握りしめたままの私を不審に思ったのか、持田さんが聞いてきた。

「間違い電話です」

私はそう言って電話を切った。すると、またすぐにスマホが振動する。さっきと同じ人物・葉山社長から。昨日、電話番号を教えてしまったことをひどく後悔する。

「またきてるよ、電話」

「また間違い電話です」

そう言って、また切る。また家に呼ばれるんじゃないかと思うと、葉山社長からの電話には出たくなかった。すると、またしつこくスマホが振動を始めたので「もうっ！」と小さくつぶやいて今度は電源ごと落とした。スマホがようやく静かになる。

「出なくてよかったの？」

「はい。間違い電話なので」

制服のポケットにスマホをしまうと、持田さんがなにか言いたそうにじっと私のことを見つめている。

「どうかしましたか？」

「うん。もしかして昨日の彼氏からの電話かなぁと思って」

「へ？　彼氏？」

なんのことを言われているのか分からなくて、マヌケな声が漏れてしまった。すると持田さんがニヤニヤしながら言葉を続ける。

「どうせ彼氏とケンカでもして、電話に出たくないんでしょ？」

「えっと、彼氏ですか？」

「そう。花のイケメン彼氏」

「私の？」と、人差し指で自分の顔をさすと、持田さんがこくんとうなずいた。

「だって花、昨日の仕事終わりに男の人の車に乗ってどこか行かなかった？　てっきり彼氏とデートだと思ったんだけど」

葉山社長のことだ。ドキッとしながらも平静を装っていると、持田さんも「あれ？違った？」と首をかしげる。

「でも私、確かに見たんだけど。あっ、後ろ姿だけね。でも、すごく背が高かったし、後ろ姿だけでイケメンだと判断したわ。しかもあれ、外車よね？　スーツも身体にぴったり合っていたから、たぶんオーダーメイドね。お金持ちなんじゃないの？」

さすが持田さん。彼女の趣味は合コンで、週に一度のペースで行っているだけあり男性を見る目が鍛えられている。少し見ただけでそこまで分かってしまうなんて。

「花ってば、彼氏がいること私に内緒にしていたなんてイジワル～。ねぇねぇ、どこで知り合ったの？」

そう尋ねられて、私は首を大きく横に振った。

「ち、違いますっ。彼氏じゃありません」

「嘘ぉ、じゃあ誰なの？」

「誰って……」

それを聞かれると困ってしまう。親会社の葉山社長です、なんて正直に答えたら、そっちのほうがややこしい話になりそうだ。

「えっと、その……」

口をもごもごさせながら、どう説明しようか考えたけれど、なにも思い浮かばなかった。とりあえず葉山社長ということだけはバラさないようにしようと思った。

「あの人は彼氏ではなくて、ちょっとした知り合いです」

「知り合い？　どこで知り合ったの？」

「前にちょっといろいろあって……」

そんな私の曖昧《あいまい》な説明に持田さんは「いろいろねぇ～」と頬杖《ほおづえ》をつきながら私のことをじっと見ている。

「よく分からないけど、花の彼氏じゃないなら私に紹介してよ！　あの人、かっこよさそうだし、お金持ちそうだし。私も知り合いになりたい！」

「えっ……いや、あの」

なんでそうなるの、持田さん。紹介なんてできるわけがない。とにかくもう早くこの話を終わりにしたかった。

「持田さん。あの人はやめたほうがいいです。あの人すごく性格悪いので」

「えっ、そうなの？」

「はい。かなりの〝俺様男〟です」

それは真実だ。初めて会った日のことや昨日の出来事を思い出すと、彼はずっと上から目線だった。親会社の社長なので、立場的には私よりも上だからそれはいい。でも、いくら取引をしたからといって、会社終わりに待ち伏せしたり、強引に車に乗せたり、料理を作らせたり。それに突然キスしてきたり……。彼の印象は〝俺様男〟だ。本当は関わりたくないタイプの人だけど、取引があるのでそういうわけにもいかないだけだ。

俺様男という言葉が気になったのか、持田さんは「うーん」とうなりながら「そういう男は勘弁だなぁ」とつぶやいている。どうやら紹介しなくて済みそうで、ホッと胸を撫《な》でおろした。

するとまた持田さんはまた、なにかを思いついたようにパッと表情を変える。

「あの人が花の彼氏じゃないってことは、花は今もフリーなんだ」

「フリー？」

「そう。彼氏いないってこと」

「あ、はい。いません」とうなずくと、持田さんがニタッと笑う。

「ということは、花を誘えるってことね」と、ぽつりとつぶやき、私に言う。

「花、今日ってヒマ？　もしヒマなら合コンに付き合ってほしいんだけど」

「えっ？」

持田さんの合コン話は普段、本人からよく聞いているし、私も何度か誘われたことがあるけれど、いつも断っていた。

「花が合コン苦手なの知ってるんだけど、今日だけお願い！　今日になって、女の子がひとり欠席になっちゃって、人数が合わなくて。いろいろ声かけたんだけど全滅で。こうなったら花が最後の頼みの綱なの。お願い！」

持田さんが顔の前で両手を合わせる。

「そう言われても……」

「お願いお願いっ！　お酒飲んでご飯食べてるだけでいいから」

「うーん。でも……」

合コンなんて行ったことがない。初対面の男性とお酒を飲みながらなにを話していいのか分からないし、緊張しそう。なによりそういう席は苦手だった。いくら持田さんの頼みでも、断りたかった。

「お願い、花」

でも、持田さんには仕事で手伝ってもらうことも多い。そんな彼女にこんなにお願いされたら……断れない。

「分かりました。今回だけですよ」

「よかったぁ。花、優しい。ありがとう」

本当は行きたくないけど持田さんを助けるためだと思えば、仕方ないか。心の中でそっとため息をついたその時だった。

「あっ！　いたいた。湯本くんっ」

女性社員ばかりの休憩室に、突然、男性の声が響いた。見ると、苦しそうに肩で息をしている穂高部長の姿があった。ここまで来るのに走ってきたのだろう。なんだかひどく焦っているようだった。

「どうしました、部長」と私は立ち上がった。

「湯本くん、ちょっと来て」と手招きをしている部長のもとへ行くと、耳もとでヒソヒソと話される。

「また電話きてる。親会社の葉山社長から」

しまった！

制服のポケットにしまってあるスマホのことを思い出す。私が出ないから、昨日みたいに会社のほうへ電話をかけてきたみたいだ。でも、やっぱり葉山社長の電話には出たくない。

「部長。悪いんですけど、私は忙しくて手が離せないってことにしてくれませんか？」

顔の前で両手を合わせてお願いすると、穂高部長は困惑したような表情を見せる。

「ええ？ どうして？ というかそもそも昨日から、葉山社長は湯本くんになんの用事なの？」

「それは……」

言えるわけがない。

「とにかくお願いします。私は忙しいと伝えてください。お願いします」

穂高部長は「うーん……」としばらく迷いながらも、最近抜け毛で悩んでいるという頭をわしゃわしゃとかきむしってから「分かった」としぶしぶうなずいてくれた。

「でもひとつ確認だけど、おかしなことはしてないよね？ 葉山社長に目を付けられるようなこと」

「していません」

本当は目を付けられているどころじゃない。でも、あの取引のことを穂高部長に話すわけにはいかない。

穂高部長はあきらめたように、深く息を吐き出した。

「それなら、湯本くんは仕事の用事で外に出ていることにしておくから」

「ありがとうございます」

たぶん、葉山社長からの電話を待たせているのだろう。休憩室を出た穂高部長は、大慌てで廊下を走っていった。その後ろ姿を見つめながら、私は今日何度目かになるため息をこぼした。


人生初の合コンは、駅から少し離れた場所にある居酒屋で行われた。地下一階にある、完全個室のこのお店は、店内の照明が抑えられていて落ち着いた雰囲気だ。掘りごたつ式の細長いテーブルに男性六人、女性六人が向かい合って座った。私の席は持田さんの隣で一番隅っこだ。

ちなみに女性メンバーは、持田さん以外の四人とは初対面だった。彼女たちは葉山総合の本社ビルに勤めているらしい。その中のひとりが、持田さんと学生時代からの友達なのだそうだ。年齢は二十四歳の私が一番下で、あとの四人は二十六歳。男性メンバーは弁護士で、三十代前半から後半。みんな、きっちりとしたスーツに眼鏡、調った黒髪で、見た目からして知的な雰囲気があふれていた。

「とりあえず乾杯」

みんながビールを飲む中、私だけが薄いウーロンハイを飲んでいる。お酒が弱いのだ。軽く自己紹介をしたあと、賑《にぎ》やかに会話が始まる。初めのうちは私のことを気にかけてくれていた持田さんも、ターゲットの男性を見つけ、いつの間にかその人の隣へ移動してしまった。ほかの人たちも楽しそうに話をしている。

私はというと料理を食べながら、これはしょっぱい、これはもっと煮込んだほうが味付くのに、天ぷらがべちゃべちゃだなぁ、これはおいしいかも、と料理の感想を心の中でもらしていた。それでも、たまに話しかけられれば、適当にあいづちを打つくらいはした。

一時間ぐらい経ったところで、こっそりと席を立ち、店の奥にあるお手洗いへと向かう。そこから先客の女性の話し声が聞こえてきた。

「いい人いたぁ？」

「うーん、微妙かな」

それは同じ合コンに参加していた女性ふたりで、鏡に向かってメイクを直しているところだった。持田さんの学生時代の友達とは少し話はしたけれど、そうでない彼女たちとは挨拶をしただけだった。なんとなく中に入りづらくて、お手洗いの入口で立ち止まり、彼女たちの会話をぼんやりと聞いていた。

「顔も性格もトークも悪くはないんだけど、なんかいまいちパッとしないんだよねぇ」

「そりゃ玲子《れいこ》は前の男の人がよすぎたせいだよ。葉山社長と比べたら、誰だってかすんじゃうって」

突然飛び出した『葉山社長』という言葉に、思わず耳がダンボになり、盗み聞きのようになってしまった。

「葉山社長とは一回寝ただけだってば。それから会ってないよ」

「一回でも葉山社長と関係持てたなんて、うらやましいよ」

「じゃあ声かけてみたら？　かわいい子なら相手にしてくれるよ、葉山社長。秘書課の子なんて、ほとんど葉山社長と関係持ったって噂じゃん」

「葉山社長はワンナイトラブが好きな人らしいからねぇ」

彼女たちの会話を聞きながら、自然と眉間《みけん》にシワがよるのが分かり、ハッとする。慌てて眉間を指で揉みほぐした。

葉山社長ってやっぱりそういう人なんだ……。

初めて会った日の社長室での会話を思い出した。そういえば社員の女性に声をかけられてワンナイトラブをしたと言っていたっけ。まさか今日の女性メンバーにその相手のひとりがいたなんて驚きだった。

「葉山社長は本命の子は作らないって噂だよね。ほとんどが一夜の関係だけで終わるらしいし」

「そうそう。しかも一度寝た子とは二度と会わないんでしょ」

「でもさぁ、葉山社長が相手ならそれでもいいよね」

彼女たちの会話を聞きながら、背中にぞぞぞっと冷たいものが走る。やっぱり私はとんでもない人と、とんでもない取引をしてしまったのだと確信する。

『俺の女になれよ』というあの日の言葉が耳にこだましてきて、思わず頭を抱えた。

どうしよう。私もワンナイトラブの相手にされてしまうのかな……と考えて「ん？」と思い直した。そういえば、私は昨日、葉山社長のマンションにまで行ったのに、ワンナイトラブ的なものは起こらなかった。私がしたことといえば、お腹を空かせた葉山社長にカルボナーラを作って、それを一緒に食べただけ。そのあとも特に何事もなく家まで送り届けてもらったし。突然キスをされたり襲われかけたりはしたけど、でも身体の関係は求められなかった。

でも、この前は大丈夫だっただけで、もしかしてこれからとか？

そう思ってブルッと体を震わせた私は、結局、お手洗いに入らず席に戻った。


それからしばらくして、お手洗いで話をしていたふたりが戻ってきたので、私は再び席を立ち、改めてお手洗いに行った。初めての合コンにすっかり疲れてしまって、化粧台の前に立ってしばらくぼんやりと過ごした。そして少し時間が経ってから席に戻ると、さっきまでいた席はしんと静まり返っていた。

「あっ、湯本さんおかえり」

男性がひとり残っているだけで、ほかのメンバーがいつの間にかいなくなっている。

「あの……みなさんは？」と、残っている男性に聞くと、「カラオケ行ったよ」とあっさり言われてしまう。

えっ、つまりみんなここから出たってこと？

どうやら私がお手洗いに長居していた間に、合コンはお開きになっていたようだ。

それなら私もさっさと帰ろうと思いバッグを手に取る。

でも、この人……確か名前は小野田《おのだ》さんだっけ？はどうして残っているのだろう。

「小野田さんは帰らないんですか？」

そう問いかけると、彼がニコリと微笑む。

「湯本さんが戻ってきた時、誰もいなかったらビックリするでしょ？」

「あっ、すみません」

どうやら私に教えるために待っていてくれたらしい。少しタレ目で人のよさそうな顔をした彼は、男性メンバーの中でいちばん、私に話しかけてきてくれた人だった。

私たちはそのままふたりでお店を出て、彼が私と帰る方向も同じだということだったので、途中まで一緒に帰ることになった。

平日の夜の街はまだ人が多く、その中を小野田さんと話をしながら歩く。大通りを抜けて駅までの近道になる細い通りに入ると、人の数もまばらになり、お店の数も少ない。街灯だけが照らす薄暗い道を歩いていると、ふと小野田さんが立ち止まった。

「どうしましたか？」、と声をかけると、彼はなんだか苦しそうな息をしている。

「ごめん。急に酔いが回ってきちゃって」

「大丈夫ですか？」

「うん。少し休んだら治るから」

「じゃあ、あそこの公園のベンチに座りましょう」

ちょうど近くに小さな公園があったので、そこのベンチへ移動した。ふらふらと歩く小野田さんが心配で肩を貸してあげると「ありがとう」と耳もとで言われる。ベンチの近くにある街灯は消えかけていて、暗くなったり明るくなったりを繰り返している。人通りの少ない道路に面した静かな公園のベンチで、私は小野田さんの気分がよくなるのをひたすら待った。けれど彼の具合はなかなかよくならなかった。

「なにか飲み物でも買ってきますか?」

「ううん。大丈夫」

「背中でもさすりますか?」

あまりにも長い間ぐったりとしているのでますます心配になり、小野田さんの背中に手を置き、そのままゆっくりと上下に動かしてさすってあげる。

「ありがとう、湯本さん。湯本さんにこうされてると、すごく気持ちいい」

それならよかった。早く具合がよくなってくれるといいんだけど。

そのあとも小野田さんの背中をさすり続けていると、「湯本さんに彼氏がいないのが不思議だなぁ」と言われた。

「こんなにかわいくて優しいんだから、合コンなんかに参加しなくても、彼氏なんてすぐにできるでしょ?」

「あ、いえ……」

別に私は、彼氏が欲しかったから参加したんじゃなくて、持田さんに人数合わせで急遽、連れ出されただけなんだけど。

そんなことを考えていると、それまで下を向いていた小野田さんが「湯本さん」と言ってふいに顔を上げ、私の顔を正面から見た。

「よかったら、俺と付き合わない？」

「えっ？」

突然の言葉に背中をさする手を止める。

「俺、今日、湯本さん狙《ねら》いだったんだよね。かわいいなぁと思って、積極的に声かけてたんだけど。ふたりきりになってこんなことされたら、期待しちゃうよ」

そう言って小野田さんが私の腕を掴む。さっきまで具合が悪そうにしていたのに、その力はとても強い。

「あの、小野田さん？　酔いはさめたんですか？」

「ごめん。あれ嘘。湯本さんとふたりになりたくて」

ぐいっと腕を引き寄せられる。

「ねぇ、このまま俺とホテル行かない？　いいよね、行こうよ」

立ち上がった小野田さんに腕を引っ張られ、そのまま無理やり立たされる。

「あの、えっと……」

「ほら、行こうよ」

ホテル、という言葉に身の危険を感じて、「離してください」と掴まれている腕を振りほどこうとすると、反対の腕が私の腰に回される。

「いいじゃん、行こうよ」

「い、行きません」

必死に抵抗するけれど、小野田さんは私を離してくれない。逃げないと、頭の中では分かっているけれど、逃げられない。

そのままずるずると小野田さんに引きずられるように歩き始めた、その時だった。

「花っ」

私の名前を呼ぶ声が聞こえ、公園の入口に背の高い人影が見えた。暗くて顔はよく見えないけれど、聞き覚えのあるその声は……。

葉山社長だ。彼は、ゆっくりと私たちのもとへ近付いてきて、私の腕をぐいっと引っ張り小野田さんから引きはがしてくれた。そしてそのまま自分の後ろにすっぽりと私を隠す。

「悪ぃな。コイツ俺の女なんだよ」

葉山社長の言葉に、小野田さんが「え？」と驚いたような顔をした。

「でも、湯本さんは彼氏いないって」

「ああ、それね。実は俺たち、昨日ケンカしてさ」

葉山社長が後ろにいる私を振り返る。

「たぶん、俺への当てつけで合コンなんかに行ったんだと思うけど、コイツまだ俺の彼女だから」

葉山社長の厳しい視線は、再び小野田さんへと向けられる。

「だから、手、出すなよ」

低くドスのきいた声でそう告げる。

「でもっ」

それでも引き下がろうとしない小野田さんに、葉山社長は続けた。

「襟のそのバッジ、アンタ弁護士だろ？　いいのかよ、弁護士さんが嫌がる女性を無理やりホテルに連れ込もうとして」

「くっ……！」

「女に飢えてんなら、俺がもっといい女、紹介しようか？」

「う、うるさいっ」

葉山社長のからかうような言い方が気に入らなかったのか、小野田さんは怒りの混じった声を上げると、足早にその場を去っていった。その背中を見送りながらホッとひと息つくと、コツンと頭を殴られた。

「いたっ」

両手で頭をおさえながら見上げると、むすっとした表情の葉山社長と目が合った。

「ったく、危機感もてよ、アホ。あんな下心丸見えの男にホイホイついていきやがって」

「いたっ」

葉山社長が軽く丸めた手の甲で、コツンと再び私の頭をたたく。

「俺が来なかったら、今ごろお前アイツにホテル連れ込まれて、ヤられてたぞ」

「ヤられ……って」

その言葉に思わずうつむいた。確かにあのまま強引にホテルへ連れていかれたら、そういう事態になっていたかもしれない。でも、それを葉山社長が言うの？　自分だって昨日、私のことをマンションに強引に連れていって襲おうとしたくせに……結果的に襲われてはいないけど。

けれど、今回、危なかったのは事実だった。どうしてここに葉山社長がいるのか分からないけど、この人が助けてくれなかったら、今ごろ私は小野田さんに……。

想像するとブルッと身体が震えた。

「ありがとうございます」

助けてもらったことに変わりはないので、ここは素直にお礼を言っておく。

「でも、どうしてここにいたんですか？」

偶然通りかかったとは思えなかった。顔を上げて葉山社長を見つめると、彼の手が伸びてきて、今度は私のほっぺたを思いきりつねった。

「お前のあとをつけてたんだよ。俺との約束破って、合コンなんぞ行きやがって」

「いたたっ。痛いです」

「昨日、『また明日な』ってお前に言ったよな。それなのに今日、何回も電話したのに出ないし、電源切られるし。会社に電話したら、お前はいないって言われるし。だからお前の仕事終わるのを会社の前で待ち伏せしてたら、職場のヤツと一緒にどこかへ行くのが見えたんだよ。俺に気づきもしないでな」

片方だけつねられていたほっぺたが、両頬に変わる。

「いたたっ」

「頭にきたからあとをつけてみたら、店の前で男と合流して合コンか？　お前、俺との取引忘れてねーだろうな」

「お、覚えてます」

「じゃあ言ってみろ。俺とどういう取引したか」

つねられていた頬がようやく解放される。けれど痛みがじんじんと残っているので、頬に手を添えながら小さな声でぼそっと答える。

「森堂商店街の再開発をやめてもらう代わりに、あなたと付き合う」

「覚えてんじゃん。お前は今は俺の女なんだから、合コンなんて行くんじゃない」

葉山社長の手が伸びてきて私の後頭部に回され、そのままぐいっと引き寄せられる。

気がついた時には唇が塞《ふさ》がれていた。強い力で身体を引き寄せられ、一度、唇が離れたと思ったら、また塞がれる。苦しくて声が漏れた。

しばらくして唇をようやく離されると、全身から力が抜けていくのが分かった。

「家まで送ってやるから帰るぞ」

葉山社長がまた私の腕を掴み、そのまま引っ張られるようにして私も歩きだした。

その背中を見つめながら思った。

やっぱり私は、とんでもない人とんでもない取引をしてしまった。俺様社長とのこの取引は、いつまで続くんだろう……。

「似てんだよな……」


「ごめんね。花を置いてカラオケに行ったりして」

翌日、会社に出勤してきた持田さんが、私を見るなり顔の前で両手を合わせる。

「私も花のこと待っていたんだけど……」

持田さんの話によると『僕が湯本さんのことを待っているから』と小野田さんに言われたらしい。それで持田さんは、今回の合コンで私といい雰囲気になっていると勘違いして、小野田さんに私のことを任せることにしたそうだ。

「それでそのあと小野田さんとはどうなったの？」

「なにもありませんでした」

ホテルに連れていかれそうになりました、と正直に言ってもよかったけど、黙っておくことにした。それに葉山社長が助けてくれたから、未遂《みすい》に終わったし。

その葉山社長は、昨日あのあと、私を商店街の入口まで送ってくれた。『明日も迎えに来るからな』という言葉を残して……。

そしてその日の仕事終わり、言葉どおり、葉山社長は私を待ち構えていた。

「よぉ、花」

会社の前の道路脇には、彼の愛車、黄色の高級車が停まっている。

「乗れよ」と車に招き入れられた私は、抵抗する気もおきず素直に助手席に乗り込んだ。目的地を告げられないまま車は発進する。ちらっと隣の運転席を見ると、ハンドルを握る葉山社長の姿がある。

かっこいい人だとは思う。二重のきりっとした目、すっと通った鼻筋。薄い唇にしゅっと細い顎。さらさらとした黒髪と形のいい耳。ハンドルを握る手は大きくて、指はすらりと長い。ネイビーのスーツをきりっと着こなす彼は、どこにも隙《すき》がないイケメンだ。ワンナイトラブでもいい、と女性に言わせてしまうのもうなずける気がする。

ワンナイトラブか……。

車は、葉山社長のマンションへと向かっているようだ。そう気づいたら急に胸がドキドキしてきた。

どうしよう。すごく帰りたい。でも、今さらもう降りられないし……。

「……花」と名前を呼ばれて、ビクッとする。

「な、なんですか?」

車がちょうど赤信号で停まり、葉山社長が私に顔を向けた。

「今日も料理よろしくな」

「へ？」

予想外のことを言われて思わずマヌケな声が出てしまう。

「料理って、また私が作るんですか？」

「当たり前だろ」

当たり前なんだ……。さっきまで、ワンナイトラブされてしまうのかも、なんて思っていた自分が恥ずかしい。単に私に料理を作らせるために私を呼んだんだ。

「今日はお前の得意料理が食べたい。スーパー寄ってやるから、食材揃えて作れよ」

また、いきなりそんなこと言われても。そもそも、どうして私が葉山社長のために料理を作らないといけないのだろう。私じゃなくても、この人に手料理を作って食べてもらいたい女性はたくさんいるはずだ。昨日の合コンで盗み聞きした女性たちの会話によると、プレイボーイな葉山社長のまわりには、私よりずっとかわいくて美人な女性が集まってくるようだし……。

「葉山社長。ひとつだけ聞いてもいいですか？」

遠慮がちに声をかけると「なんだ」と静かな声が返ってきた。

「どうして私とあんな取引をしたんですか？」

それはずっと気になっていたことだった。『商店街の再開発から手を引く代わりに俺の女になれ』なんて、どうしてそんなことを言ってきたのか。私は商店街を危機から救うことができるけど、葉山社長にはメリットがあるようには思えない。

「取引をするなら、もっと別なものはなかったのかなぁと思って」

「別なのって？」

「うーん……」

そう聞かれても思い浮かばない。

「葉山社長のまわりには素敵な女性がたくさんいるのに、どうして私なんかを相手にするのかが分からなくて」

昨日は私のあとをつけていた葉山社長に、ピンチから助けられた。そのまま放っておいて見ないふりをすることだってできたのに。それに小野田さんの前で、私のことを自分の彼女だと言った。取引は私たちふたりの間のことで、わざわざ他の誰かに言う必要はなかったのに。

葉山社長は、しばらくなにも言わずに運転を続けていたけれど、やがて片手で前髪をかき上げて言った。

「似てんだよな、お前。俺が〝忘れられない女〟に」

「それって、もしかして好きな人ってことですか？」

そう質問すると、葉山社長はまた少し考えてから答えた。

「好き……いや、好きっていうかどっちかというと嫌いだな。この俺の中にずっと居座り続けて出ていかない、ウザい女。でも、ずっと忘れられないってことは好きってことなのかな？」

そう言うと、チラッと私を見る。

「とにかく、お前がその女にそっくりだから気になって、しばらくそばに置いてみれば、なんで忘れられないのか分かるかもしれないと思っただけだ。ま、気楽にしてろよ。俺の〝恋人ごっこ〟に付き合うとでも思って」

「恋人ごっこって……」

でも、そういう取引なのだ。商店街を再開発から守るためには、私が少し我慢をすれば、すむことなんだから……。

いつの間にか車は、葉山総合が経営しているスーパーの前に停められていた。

葉山社長のマンションのリビングのアイランドキッチンの前に立った私は、ブラウスの袖をまくって料理にとりかかった。このキッチンに立つのは二回目だけど、やっぱりとても立派なことに感心する。調理道具はなんでも揃っていて、どれもほどよく使われている形跡がある。中には少し年季の入ったものもあり、もしかしたらこの調理道具は、葉山社長が料理研究家のお母様の形見として置いているのかなぁ……なんてことを思ったりもした。

洗ったお米を高級そうな土鍋にセットすると、炊き上がるまでに二品作った。しいたけを使ったすまし汁と、いんげんのごま和え。それからメイン料理にとりかかる。即席でダシをとり、小ぶりなフライパンにたまねぎと一緒に入れて煮る。そこへ、みりんやしょうゆなどの調味料と鶏肉を加えてしばらく煮込む。鶏肉に火が通ったら、溶いた卵を回し入れる。半熟になったところで火を止めて、余熱で少し温める。出来上がったそれを、炊き上がったごはんに乗せれば完成だ。

「できましたよ」、と言ってダイニングテーブルの上に料理を並べると、ソファに座って仕事をしていた葉山社長が、膝の上に広げていたノートパソコンを閉じた。

「いい匂いだな」

そう言ってソファから立ち上がり、ダイニングテーブルのイスに座る。

葉山社長は「お前の得意料理は親子丼か。うまそうじゃん」とどんぶりの中をのぞき込んでいる。私は彼の向かい側のイスに座ると自信満々に答えた。

「親子丼はウチの食堂の人気メニューです」

『得意料理が食べたい』そう言われて、すぐに思いついたのが親子丼だった。ゆもと食堂の一番人気であり、私が父から初めて教えてもらった料理だ。本当は、割り下を作るのにもっと手間をかけたかったけど、時間があまりないのでそこは簡略にした。それでもこの前のカルボナーラよりは自信がある。

「じゃ、いただきます」

スプーンを持った葉山社長が両手を合わせる。卵が半熟のとろとろなので、箸よりもスプーンのほうが食べやすいのだ。出来立ての親子丼にはまだ湯気がたっている。鶏肉はふっくらとしているはずだし、ふわふわとろとろの卵は、ご飯とよく絡み合っているはず。

そんな私の自信作を口いっぱいにほおばった葉山社長は、もぐもぐと口を動かし、やがてゴクンと呑み込んだ。

「うん。うまいじゃん」

葉山社長の感想に、私は思わずぱぁっと笑顔になった。

「よかった」

ホッと息をつく。

「お前も食べろよ」

葉山社長に促されて、私も自分の分を食べ始めた。

うん。おいしい。父の味にはまだ届かないけど、私なりに上達しているのが分かる。でももっと父の味に近づきたい。同じ味で同じものを作れるようにしたい。

親子丼の作り方を教えてもらったのは小学二年生のときだった。初めての料理にしては難しかったかもしれないけど、私にはどうしても、ゆもと食堂の親子丼を作れるようになりたい理由があった。

「うまいな。おかわりある?」

あっという間に食べ終えた葉山社長が、空になったどんぶりをずいっと差し出してくる。それを受け取った私は、また自然と自分が笑顔になるのが分かった。

父から教わった親子丼を『うまい』と言ってくれたことが素直にうれしかった。命令口調で強引で俺様な性格で、できれば関わりたくないタイプの人だけど、作った料理をおいしいと言ってくれた葉山社長が、少しだけいい人に見えてしまうのは、私が単純な性格だからなのかもしれない。


夕食をすませ、食洗機にお皿類を入れ、スタートボタンを押す。ソファへ視線を向けると、葉山社長はなにやら難しい顔でノートパソコンの画面を見つめている。細くて長い指がキーボードの上を華麗に動いたかと思うと、書類のようなものに視線を移し、また顎に軽く手を添えてなにかを考えている。

家でも仕事なんて、やっぱり大企業の社長は忙しいのだろう。その姿をついついじっと見ていると、ふと葉山社長が顔を上げ、私へ視線を向けてきた。

「……花」

ふいに目が合って慌ててそらす。

「なんですか」

「また俺に料理作ってくれる？」

そう尋ねられて、少し考えたけれど私はうなずいた。

「いいですよ」

葉山社長は、あのあと、親子丼をもう一杯おかわりして、ぺろりと三杯をたいらげてしまった。見た目は細身だが、かなりの大食いらしい。

でも、そんなに気に入ってもらえてうれしかった。だからほかの料理も食べてもらいたくなる。考えてみると、家族以外の人に手料理を振る舞うのは初めてだ。料理はよくしているけど、身内以外の人に手料理を褒めてもらえることが、こんなにうれしいことだとは思わなかった。

「今度はなにを食べたいですか？」

私はすっかり気分がよくなっていた。一方、葉山社長は、私の質問には答えず、私のことをじっと見つめている。

そしてしばらくすると「はぁ……」と大きく息をはき、髪をわしゃわしゃとかいた。それから膝の上に乗せていたノートパソコンを脇にのけソファから立ち上がり、私に向かって歩いてきた。目の前までくると突然、私の手首を掴み、そのまま身体を引き寄せられた。

「じゃあ花を食べたい」

そう言うと葉山社長は両手を私の両脇に入れ、そのままひょいと私の身体を持ち上げた。気がつくと、私はアイランドキッチンの上に座っていた。足が床につかずに、スリッパが片方だけ脱げ落ちる。

「なに食べたいか聞いたのはお前だろ？」

「ち、違います。私は料理の話をしていたんです」

そんな私の言葉を無視して、葉山社長は右の口角だけを上げて不敵に笑っている。

「言っただろ。俺は自分の女はまず味見するって」

葉山社長の顔が私に近付いてくる。このままだとキスされてしまう。

もう三回も彼にキスされているので、手口が分かってきていた。させるものか、と私はとっさに顔をそらした。けれどそんな抵抗をしても無駄で、顎を掴まれ、ぐいっと顔を元の位置に戻された。

目の前には葉山社長の顔。初めてこのマンションに来たとき、襲われかけたことを思い出す。あの時と同じ状況だし、ピンチだ。あの時は葉山社長がお腹を空かせていたから何事も起こらなかったけど、今日の彼は満腹状態だから、前のようには逃げられないだろう。

ワンナイトラブ……。その言葉が頭に思い浮かぶ。

ここへ向かう車の中の会話から、私が葉山社長のマンションへ連れてこられたのは今日も彼の夕食を作るためで、食べ終わったら前みたいに何事もなく家まで送ってもらえると思い込んで油断していた。

このままほかの女性たちのようにワンナイトラブされてしまうのかな……。

そう思うと、恐怖ですっかり身体が固まってしまった。

すると突然、軽快な音をたててスマホが着信を知らせた。私は普段、着信音を消しているので、たぶん葉山社長のものだ。

「ちっ、こんな時に」

葉山社長は、軽く舌打ちをすると私から離れてソファへと向かった。ローテーブルの上に置かれているスマホを手に取ると、不機嫌そうな声で電話に出る。

その隙を見て、私はアイランドキッチンからゆっくりと下りた。逃げるなら今だと思い、近くに置いてあったカバンを掴みリビングから廊下へ出ようとしたところで、背中から声をかけられる。

「おい花。まだ帰るなよ」

スマホを耳からはずした葉山社長が私のことをにらんでいる。その顔がとても怖くて思わずうなずいてしまう。すると葉山社長は私から視線をそらし、再びスマホを耳に当てた。どうやら仕事の電話のようで、ノートパソコンを見ながらテキパキと指示を出している。

この電話が終わったら、今度こそピンチだ。一刻も早くこの部屋から逃げ出さないと。取引で葉山社長と付き合うとは言ったけど、ワンナイトラブはお断りだ。ワンナイトじゃなくてもお断りだけど。キスだけでも嫌なのに、それ以上なんてありえない。そういうことは葉山社長と〝そういう関係〟を望む女性たちとしたらいい。

電話に集中している葉山社長の隙を見て、私はリビングから飛び出した。廊下を進んで玄関へと向かい、右手がドアノブに触れたその時だった。

「……っつ！」

強い力で左手首を引っ張られ、そのままバランスを崩して後ろに倒れそうになる。振り向くと、スマホを耳に当てたままの葉山社長が、私のことを見おろしてにらんでいた。

逃亡失敗……。

葉山社長はそのまま後ろから私をぐいっと抱き寄せてくる。

「離し……」

離してください、そう言おうとした私の口は、葉山社長の大きな手で塞がれてしまった。頭上では葉山社長が、何事もないような声で、電話の相手と仕事の話をしている。私は声を出すこともできず、後ろから押さえ込まれているので逃げ出すこともできなくて、とうとう抵抗することを諦《あきら》めた。


「ん……」

チュンチュンというスズメの騒がしい鳴き声で目が覚めた。ゆっくりとまぶたを開けると、カーテンのすき間からまぶしい光が差し込んでいる。

「朝、か……」

そこでようやく毎朝セットしている目覚まし時計が鳴ったので、音を止めた。いつもは時計の音で目が覚めるのに、今朝は珍しくそれより早く起きてしまったみたい。

ゆっくりと起き上がって部屋を出ると、一階にある台所へと向かう。そこで会社へ持っていくお弁当の準備を始めた。

冷蔵庫を開けながら、昨日のことを思い出していた。結局あのあと、私たちの間にはなにも起こらなかった。キッチンで襲われかけた時はもうダメだと思ったし、葉山社長の電話が終われば、このままワンナイトラブされてしまうと怯《おび》えていた。けれど、電話を終えた葉山社長は、私のことを車で商店街の入口まで送ってくれた。

なんだかすごくあの人に振り回されているような気がする。ここ三日間、毎日顔を合わせているし。それもこれも、すべてあの取引のせいだ。

「はぁ……」

最近、ため息ばかりついている。会社に行ってからも、気がつけば何度もため息をついているものだから、隣の席の持田さんに『悩みでもあるの?』と声をかけられるほどだった。悩みあります、と葉山社長とのことを相談できたら楽なのかもしれないけど、そんなことはできないし。

給湯室で来客用にお茶を用意している時も、ぼんやりしていて、注いでいた熱いお茶を湯のみからあふれさせてしまい、たまたま近くをとおりかかった穂高部長に『どうしたの？』と心配された。『具合が悪いなら帰って休んでいいよ』と優しく言われたけれど、体調不良というわけでもないので、仕事はこなすしかなかった。

終業時刻になり、制服から私服へと着替えると、私は足早に会社を出た。ついキョロキョロと辺りを確認してしまうのは、今日も葉山社長が待ち伏せしているかもしれないと思ったからだ。でも、今日は葉山社長の車は停まっていなかった。

さすがにそう毎日、私になんて構っていられないよね。葉山社長は、ああ見えて大企業の社長なんだから、仕事が忙しいはず。それとも、今日は別の女性の相手をしているのかも。どちらでもいいけど、今日は葉山社長の顔を見ずにすみそうだ。

ホッと胸を撫でおろした私は、駅までの道を歩き始めた。駅前にある映画館の前まで来た時、観たかった映画の上映が始まっていることに気が付いた。ちょうど本編が始まる時間だったので、観ていくことにした。商店街の再開発のことや葉山社長との取引のことなど、最近、悩むことが多かったので、いい気晴らしになりそうだった。

夕食は家で食べようと思っていたけれど、映画が終わるころにはすっかりお腹が空いてしまって、家に着くまで我慢できなかった。そこで前に持田さんに連れてきてもらったことのあるオシャレなラーメン屋さんにひとりで入った。

商店街に着くころには二十一時半を過ぎていて、ほとんどお店は、既にシャッターを閉めている。一軒だけまだ明かりがついている店があり、その前で足を止める。

ゆもと食堂――私の家だ。自宅の玄関は商店街の通りの裏側にあるので、そこまで回るのが面倒だった。だから店が開いている時は、いつもその出入口を使っている。

「ただいまぁ」

ガラガラと引き戸を開けると、優しい明かりとおいしそうな料理の香りが私を包む。

狭い厨房、十人ほどが座れるカウンター席と、四人掛けの机が五つ。お客さん用の雑誌や新聞が入っている棚に、天井より少し下の位置に備え付けられているテレビ。私が子供のころ、一度改装したけれど、ほとんど昔から変わらない小さな食堂だ。

そしてそこにはいつものメンバーがいる。

「お！　花じゃねーか」

「花ちゃんおかえり」

「はーなー。お前も飲むかぁ？」

常連さんたちに次々と声をかけられる。

閉店三十分前。この時間まで残っているお客さんは、だいたい同じ商店街のおじさまたちだ。精肉店の小柴さんは、五十八歳という年齢をまったく感じさせない立派な筋肉を持っている。おっとりしている笹野さんは、父の幼馴染で、洋菓子店を営んでいる。お酒が大好きな鮮魚店の高木《たかぎ》さんは、既に顔が真っ赤だ。そして、お隣の和菓子屋、佐々木庵の佐々木さんは、私がずっと想い続けている陽太のお父さんで、彼とそっくりな優しい笑顔を私に向けている。

「こんばんは」と、四人掛けの席でお酒を酌《く》み交わしているおじさまたちに挨拶をすると、厨房から母が顔を出した。

「あら、花ちゃん。今日も遅かったのね。ごはんは？」

「食べてきた」

「そう」というと母はまた厨房へと戻っていく。そこでは、流し台で大鍋を洗っている父の後ろ姿が見えた。どうやらふたりは既にお店の片付けを始めているらしい。

お店の奥の扉は自宅に繋がっている。そこに向かって歩きだすと「花ちゃん」と声をかけられた。声の主はすぐに分かった。顔だけじゃなくて声もそっくりだからだ。陽太のお父さんだった。四人掛けの席に戻っていくと、ほかの三人はお酒を飲みながら、話に没頭《ぼっとう》している。

陽太のお父さんは、笑顔で話し始めた。

「花ちゃん。六月から陽太がウチの店を継ぐことになったんだ」

その細い目は、笑うといっそう細くなって消えてしまいそうだ。陽太と同じ一重の目。お世辞にもかっこいいとは言えないけれど、素朴で優しい笑顔だ。

「知ってますよ。母から教えてもらいました」

陽太が実家の佐々木庵を継ぐことを知ったのは、去年の十二月だった。ただ、直接、本人から聞かされたのではなかった。

「それでね、花ちゃんにお願いがあるんだ」

「お願いですか？　なんだろう？」と首をかしげる。

「陽太がお店を正式に継ぐ日、花ちゃんに最初のお客さんになってほしいんだ。陽太が小さいときに、花ちゃんと約束したみたいなんだけど、覚えてる？」

私はうなずいて、うつむいた。

『花ちゃん、僕がお店を継いだら、僕の作った和菓子を一番に花ちゃんに食べさせてあげるからね。約束だよ』そう言った陽太と指切りをしてから、もう二十年が経つ。

陽太がその約束を覚えていてくれたなんて。

そういえばもう二年も会話らしい会話をしていない。顔を合わせることはあるけれど、いつも簡単に挨拶するだけ。それも互いの顔を見ずに素っ気なくだった。今ではもう〝幼馴染〟という深い関係というより、ただの〝ご近所さん〟という感じになっていた。それなのに陽太は子供のころの約束を覚えていて、守ろうとしてくれている。陽太の誠実な人柄が伝わってくる。と同時に、思い出すのは二年前、私が彼を傷つけてしまったことだ。今でもあの時のことを思うと胸がきゅっと締め付けられる。

私は小さいころからずっと陽太が好きだった。陽太も私のことを好きだと言ってくれたのに、ある理由から、私はその気持ちに応えることができなかった……。

「陽太のヤツ、自分で言えばいいのに。もう二年もろくに話してないんだって？」

「はい……」

私は小さくうなずいた。それを見て陽太のお父さんは複雑そうな表情をしていたけれど、やがてその顔に優しい笑みが戻る。

「ふたりの間になにがあったのか知らないし、口出しするつもりはないよ。でも、陽太が継いだ佐々木庵の一番目のお客さんには、花ちゃんがなってくれないかな？」

「考えておきます」

そうは言ったけれど、やっぱり陽太とは顔を合わせづらい。

「待ってるよ。陽太も花ちゃんが来てくれたら喜ぶから」

「はい」と返事をしてから、私は逃げるように食堂をあとにした。

自宅に入ると、階段をかけのぼり、自分の部屋へと向かった。部屋に入ると、一気に力が抜けて、扉によりかかって、そのままずるずると座り込んでしまった。

カーテンが開けっ放しの窓からは、月の光が差し込んでいて、真っ暗な部屋をほんのりと照らしている。

ふと、学生時代に使っていた勉強机の上に目がいった。そこには写真立てが置かれていて、写真に写っているのは、小さいころからいつも一緒だった幼馴染三人組。陽太を真ん中にして彼の左隣で笑っているのが私。右隣にいるのは、同じ商店街にある『桐原生花店《きりはらせいかてん》』の娘の桐原優子《ゆうこ》だ。高校の卒業式の日に撮った記念写真。手には卒業証書が握られている。

写真の中のように、ずっと笑っていられる日々が続くと思っていたのに。幼馴染という関係に恋愛の複雑な感情が絡み合って、私たちの間のバランスは崩れてしまった。

陽太と優子と私。同じ商店街で育った私たちも、高校卒業と同時にそれぞれの進路に進んだ。

陽太は実家の和菓子屋を継ぐという夢に向かって修行に入った。優子は通訳になりたいという夢を持っていて、都内の大学へ進学し、留学するためにアルバイトをしてお金を貯めていた。そんなふたりとは違って、特に夢がなかった私は短大を卒業して普通の会社員になった。

優子とは今でもたまに会って話をしたりしているけれど、陽太とはまともに顔を合わせることすらできなくなってしまっている。

本当は前みたいに話をしたいのに……。

「ごめんね、陽太」

膝《ひざ》を抱えて顔をうずめた。思い出すのは陽太に告白されたあの日のこと。

ずっと片想いしていた陽太に、好きだと言われた時はうれしかった。でも、私は彼の気持ちに応えることができなかった。自分の恋よりも、同じように陽太を好きだった優子の恋を叶《かな》えてあげたいと思ったからだ。私が陽太への想いを捨てれば優子が幸せになれる……。

「これでよかったんだよね」

そっと顔を上げて写真立てを見つめる。陽太の隣で無邪気に笑う十代のころの自分がまぶしく、懐かしかった。

「どんな恋してんだよ」


いつもより仕事が長引いてしまった。フロアには、既に私以外の女性社員の姿はなく、いつも遅くまで残業している穂高部長と男性社員数名が残っているだけだった。ロッカールームにも女性社員はひとりもおらず、私が最後みたいだ。ゆっくり私服に着替えながら、今日は金曜で明日は休みだし、そういえばこの前観た映画がよかったから、また観て帰ろうかなぁなどと考える。

ひとり映画をして帰った日からもう一週間以上が経っていた。その間、葉山社長から連絡はない。仕事が忙しいのかほかの女性と会っているのか分からないけど、仕事終わりに待ち伏せされるようなこともなかった。

もしかしたら私への興味が薄れたのかも？　そうだったらいいんだけどなぁ、なんて思いながら、社員用の通用口から会社を出ると、女性の賑やかな声が耳に届いた。何事だろうと、気になって声のする方へ行ってみると、会社の女性社員がたくさん集まっていた。その中には持田さんの姿もあった。

もうみんな帰ったと思ったのに、あんなところでなにしてるんだろう？

さらに近づこうと踏み出した足が、ぴたりと止まる。道路脇に見覚えがある黄色い車が停められている。嫌な予感がした。

もしかして……。

女性社員たちに取り囲まれている黒髪の背の高いスーツ姿の人物が目に入った。慌てて近くの物陰に隠れる。

そこにいたのは、やっぱり葉山社長だった。物陰から少し顔を出して確認すると、葉山社長が、なぜかウチの会社の女性社員たちと楽しそうに話をしている。ときどきボディータッチを交ぜながら。

とても有名人なので、葉山社長の顔は、みんな知っているはずだ。だからたぶん、女性社員たちもああして集まったんだろう。

葉山社長はきっと私のことを待っているんだ。でも、あんな状態で声をかけられたら、私と葉山社長との関係を根掘り葉掘り聞かれるに決まっている。そんな面倒な展開だけは避けたい。誰にも知られたくない。

幸い葉山社長は、女性社員たちと話すことに夢中になっていて、私がこうして物陰からのぞいていることに気が付いていないみたいだ。今のうちにこっそり逃げて帰ろうと、彼らに背を向けて反対方向へと歩き始める。駅までは遠回りになってしまうけど、見つかるよりはずっとましだと思いながら、数歩進んだ時だった。

「待ってよ、花」

振り向くと、持田さんだった。さっきまでほかの女性社員たちと一緒に葉山社長を取り囲んでいたはずなのに、いつの間に……。

「仕事終わってたんだ。呼びにいこうと思ってたんだけど、ちょうどよかった」

そう言って微笑むと、持田さんがずいっと顔を私に近付けてくる。

「どういうことなの？　会社の外に出たら、葉山社長がいてみんな驚いたんだよ」

それは、私も驚いたんだけど……。

持田さんがまばたきをするたびに、長いまつげがバサバサと揺れる。濃い目の化粧にオシャレなワンピース、キレイに巻かれた髪。もしかしたら今日もこのあと、合コンへ行くのかもしれない。なんて観察していると、赤いグロスでぷっくりと膨れた彼女の唇が開く。

「花、この前、彼氏いないって言ってたのに、嘘だったのね」

そして、まさかこの間のイケメンが……とつぶやく。

私はなんのことを言われているのか分からず首をかしげた。

「えっと……彼氏ならいませんけど」

「嘘！　葉山社長と付き合ってるんでしょ」

どうして持田さんが知ってるの？　というか葉山社長とは、そういう取引をしているだけで、実際は付き合ってはいない。私は驚いて、口をポカーンと開けたまま固まってしまう。

そんな私の手首をむんずと掴むと、「とりあえず来て」と言い、持田さんはそのまま歩きだす。

「詳しいことはまた月曜日に聞くから。葉山社長が呼んでるの」

「ちょ……待ってください」

抵抗もむなしく、あっという間に私は女性社員たちの輪の中へ連れていかれた。その中心にいた葉山社長が、私に気が付くと、軽い調子で「よっ！」と声をかけてくる。

「お疲れ、花」

葉山社長は私の肩に腕を回すと、身体をぐいっと自分のそばに引き寄せる。

「残業してたんだって？　そんながんばり屋の花に、うまいものを食べさせてやるぞ」

そう言って葉山社長は私のつむじにキスを落とした。その行動にぎょっとして顔を上げると「ん？」とのんきな表情で私のことを見下ろしている。

やめて。みんなの前でそんなことしないで。誤解されるから。

そんな私の心の叫びにまったく気づいていそうにない葉山社長は、私から目をそらし周りにいる女性社員たちに声をかける。

「じゃ、俺はかわいい彼女が来たから行くけど」

彼女って……。私は、葉山社長の本物の彼女じゃないってば。

女性社員たちの視線が一気に私に向いた。そうじゃありません、と訂正しようとしたけれど、「ほら、早く車に乗れ」と、葉山社長に助手席に押し込められてしまった。

葉山社長も運転席に乗り込むと、派手な黄色の車はゆっくりと発進した。ちらっとサイドミラーに視線を向けると、女性社員たちが私たちの車をじっと見送っている。手を振っているのは持田さんだけだ。

ああ、月曜が来るのが怖い。どんな顔して出社したらいいんだろう。

親会社の社長に『彼女』と呼ばれ、その車に乗って夜の街へと消えていく……。これは絶対に噂のネタにされるパターンだ。仕事がしづらくなってしまう。葉山社長との関係も、あの取引のことも、ふたりだけのヒミツだと思っていたのに。

「どうしてみんなの前で彼女なんて言うんですか」

不機嫌な声で問いかけたけれど、葉山社長は意に介さず答えた。

「だってお前、今は俺の女だろ？」

「それは取引の話で、私たち本当に付き合っているわけじゃないですよね？」

確かに取引はしたから、それはきちんと守ろうと思っている。でも周囲には知られたくない。そんな私の気持ちは、葉山社長にはまったく伝わっていないらしく、鼻歌なんか歌っている。

「はぁ……」

憂鬱になり深いため息がこぼれる。そんな私の様子を横目で見た葉山社長が「ん？どうした？」

と、声をかけてくる。

「いえ、なんでもないです」

きっと私がいろいろ抗議したって、この俺様男には少しも分かってもらえないんだろうなぁ。

そう思って葉山社長に気づかれないよう、また小さく息をはいた。車内には、海外の女性歌手の曲が流れている。そういえばなにかの映画で聞いたことがある気がする。曲のタイトルも歌手名も思い出すことができない。でも今はそんなことを考えている場合じゃない。私への興味は薄れたのだとてっきり思っていたのに、また葉山社長は私の前に現れた。しかも会社の人たちに私たちの関係を知られてしまった。

どうしよう……。

車はいつの間にか都内を抜け横浜方面へと進んでいる。今日も葉山社長のマンションへ連れていかれると思っていたけれど、違うようだ。

どこへ連れていかれるのだろう。

そう考えながら私は、窓の外に視線を投げ、流れる景色をぼんやりと眺めていた。


「ごちそうさまでした」

すべての料理を食べ終えるとコーヒーが運ばれてきた。

「おいしかっただろ?」

カップを片手に持ち、葉山社長がニコリと笑う。

「はい。すごくおいしかったです」

「それはよかった」と葉山社長は言って、コーヒーカップに口をつけた。

私たちが来たのは横浜にある有名ホテルの中にあるイタリアンレストランで、葉山社長は私にコース料理をごちそうしてくれたのだ。前菜からデザートまで、高級食材をふんだんに使った料理は、どれもおいしくて夢中でたいらげてしまった。

どうやら葉山社長のいきつけらしく、食事の途中でシェフが挨拶にも来てくれた。

クラシック音楽が流れる店内の天井にはシャンデリアが輝き、ガラス張りの大きな窓からは横浜の夜景が一望できた。ライトアップされた観覧車が、色を変えながらゆっくりと回っていてとてもキレイだ。

「懐かしいな……」

思わず声に出てしまった。しばらく見とれていると葉山社長に声をかけられる。

「横浜は久しぶり？」

「はい」

「最後に来たのは？」

「えっと、高校を卒業した年だから、六年前です」

あの時は陽太に誘われたんだった。いつも優子も合わせた三人で遊ぶことが多かったから、優子にも声をかけようとしたら、陽太にふたりきりがいいと言われたのだ。

「誰と来たんだ？」

葉山社長はイスを少し後ろに引いて、長い脚を組み、リラックスした様子だ。私は手に持っていたコーヒーカップをテーブルの上に置いてから答える。

「幼馴染です」

「女？」

「いえ」

「じゃあ男か」ぼそっとつぶやいた葉山社長は、窓の外へ視線をうつした。そこにはライトアップされた観覧車がゆっくりと回っている。

「アレ乗った？　デートの定番だろ？」

「デートじゃないです」

つい大きな声で否定してしまった。

デートなんかじゃない。陽太とはただ遊びに来ただけだ。でも観覧車の中央にある時計の時刻を見て、そういえばちょうどこのくらいの時間だったな、とまたあの日のことを思い出していた……。

＊＊＊

横浜へ遊びにいこう。そう陽太に誘われたのは、高校の卒業式の翌日だった。

昼間は買い物をしたり赤レンガの倉庫街へ行ったり、海に面した公園のベンチでぼんやりしたりして過ごし、夜は学生でも気軽に入れる洋食屋で食事をした。そのまま帰るのかなと思ったら、観覧車に乗ろう、と陽太が言うので驚いてしまった。陽太は高いところが苦手だったからだ。

観覧車乗り場へ続く階段には、休日ということもあってカップルがたくさん並んでいた。私たちもその列に交じって待っていると、ようやく順番が回ってきた。乗り込んだ観覧車からは、きらきらとした横浜の夜景が見えた。

特に話をすることもなく、ふたりでただ夜景を眺めていた。それだけでも私はとても幸せだった。ずっと片想いしている相手と、こうしてふたりきりで遊びに来て、素敵な夜景を見ている。幼馴染という関係が壊れてしまうのが怖くて、想いを伝えることはできないけれど、こうして陽太の隣にいられるだけで私は充分に幸せだった。

『あのさ、花』

もうすぐ観覧車の一周が終わろうとしているところで、陽太が口を開いた。けれど、『やっぱなんでもない』と、口を閉じてしまった。

今はあの時、陽太が私になにを言おうとしていたのかが分かっている。どうして私とふたりだけで出かけようとしたのかも。

もしもあの時、陽太が自分の気持ちを伝えてくれていたら。私が伝えることができていたら。きっと私たちの関係は幼馴染から恋人へ変わっていただろう。

＊＊＊

ホテルのレストランから見える観覧車は、あの日とまったく同じ。でも、私と陽太の関係はすっかり変わってしまった……。

「なにボケーっとしてんだ」

そんな声が聞こえて、慌てて観覧車から視線を戻すと、葉山社長がじっと私のことを見ていた。

「なんでもありません」

そう答えて私はコーヒーカップに口をつける。

いけない。うっかり陽太とのことを思い出してしまった。本当にもう忘れないといけないのに。

「好きなのか？　その幼馴染のこと」

突然、図星をつかれて、私は飲んでいたコーヒーを吹き出しそうになる。

「な、なんでそうなるんですか」

幼馴染としか言っていないのに。どうして好きだと言い当てられてしまうんだろう。

「お前、分かりやすいよな。なんか寂しそうな顔して観覧車見てるから。もしかして前に一緒に横浜へ来たっていう幼馴染の男に、片想いでもしてんのかなぁと思ったんだけど。俺のカン当たってる？」

「当たってません」

ずばりそのとおりだけど、この人に私の恋の事情を知られたくなくて、嘘をついた。

それにしても私、そんなに寂しそうな顔していたのかな……。

また窓へ視線を向けると、見慣れた自分の顔がぼんやりとガラスに映し出される。

それに向かって微笑んでみたものの、なんともぎこちない顔になった。

「あれ、まだ動いてるよな」

葉山社長は腕時計を確認すると、組んでいた脚を元に戻した。そして近くにいたウエイトレスに声をかけると、スーツの内ポケットから財布を取り出してそこからカードを抜き出し、素早く会計をすませた。

「行くぞ」

そう言ってイスから立ち上がると、私の腕を掴みぐいっと引っ張る。

「ちょ……えっ？」

無理やり立たされ、そのまま引っ張られてから出てしまった。

今、私の足もとには横浜の夜景が広がっている。さっきまでホテルのレストランから見ていたはずの観覧車に、なぜか葉山社長と乗っているのだ。

ゆっくりと進む観覧車は、乗っていると動いていることをあまり実感できないけれど、徐々に視界の中で小さくなっていく建物が、少しずつ観覧車が上昇していることを教えてくれる。

「観覧車なんて初めて乗るな」

向かい合って座る葉山社長は、狭い観覧車の中で窮屈《きゅうくつ》そうに長い脚を曲げている。

「乗ったことないんですか？」

「ああ」とうなずいて葉山社長は窓から下をのぞき込み「高いな」と声を漏らした。

観覧車といえば、恋人同士の定番だ。常に恋人の存在が絶えないであろう葉山社長は、一度くらい美人な彼女と乗ったことがあってもおかしくないのに。

初めての観覧車を楽しんでいる葉山社長に、私はそっと声をかけた。

「例の女性とは乗らなかったんですか？」

「例の？」

「ほら、私に似ているっていう〝忘れられない女性〟のことですよ」

「ああ、ソイツか……」

葉山社長は私の方へ向き直る。

「乗ってない。だってその頃、ソイツも俺もまだガキだったからな」

「子供だったんですか？」

そんな小さなころから忘れられないなんて、どういう人なんだろう……。

自分に似ているらしいということもあり、気になった。

「どうしてその人のこと忘れられないんですか？」

興味を持った私はさらに質問を続ける。ふたりだけの狭い観覧車の中でなんの会話もないのは気まずいこともあり、つい遠慮をなくしてしまっていた。

「なんでお前に話さないといけないんだよ」

と、葉山社長は一瞬めんどくさそうな顔をしたけれど、ため息をひとつついたあと、ポツポツと話し始めた。

「泣かせちまったんだよ。俺のひどい言葉でな」

「なにを言ったんですか？」

「それは内緒だ」

葉山社長の視線が窓の外へと向けられる。

「ソイツの泣き顔がなぜかずっと忘れられないんだよ、ガキのころからずっと」

それだけ言うと葉山社長は口を閉じてしまった。

夜景を見つめるその横顔をしばらく見つめたあと、私も窓の外へと視線を戻す。

子供のころから忘れられない女性か……。

葉山社長にそういう存在があるように、私もまた忘れられない人がいる。

きらきらと輝く横浜の夜景を観覧車から眺めていると、あの日の陽太のことばかり思い出してしまう。

高いところが苦手なはずの陽太が観覧車に乗ろうと言ったのは、夜なら景色があまり見えないからだった。暗闇の中でなら、高さをあまり意識しないですむと思ったようだった。

でもやっぱり怖かったようで、夜景を見て『キレイだな』とつぶやきながらも、その手は私の手をギュッと握っていた。手が汗ばんでいたので『陽太の高所恐怖症は治らないね』とからかうように言うと、ムスッとした表情で『うるせぇ』と返されたっけ。

思い出してくすっと笑ってしまう。もう六年も前のことなのに、まるで昨日のことのようにはっきりと思い出すことができる。

ダメだなぁ。

胸がきゅうっと締め付けられる。幼馴染だから、陽太との思い出はたくさんある。

でも、楽しかったはずの出来事すら今では思い出すたびに切なくなってしまうのだ。

私はどうしたら陽太への想いを忘れることができるのだろう……。

陽太と一緒に見た時と同じ夜景が、だんだん涙でかすんでいく。こんなところで泣いたらいけないと思うけど、切なさは心の中でじわじわと広がっていく。

私はもう二度と、陽太とこんなふうに観覧車に乗れないんだ……。

「……花」

名前を呼ばれてハッとする。葉山社長が私のことをじっと見ていた。

「お前なに泣いてんの？」

「泣いてません」

そう言いながら目もとの涙をぬぐう。その仕草に、葉山社長が小さく笑った。

「泣いてるだろう」

ぬぐってもぬぐっても涙は止まらず、どんどんあふれてくる。こんなところで、この人の前で泣きたくなんてないのに。

いつの間にか、観覧車は頂上を過ぎ、ゆっくりと下に向かっていた。

葉山社長が小さく息を吐いた。

「俺のカンってよく当たるんだよな。お前、やっぱり幼馴染のこと好きなんだろ？

で、この観覧車に一緒に乗った時のことでも思い出してる。泣いてるってことは、それは楽しい恋じゃなくてつらい恋だったから。そうだろ？」

そう言われて、私はうつむいてしまった。

そのとおり。私は陽太につらい恋をしている。そして、そんな恋にしてしまったのは、私自身なのだ。

膝の上に置いた手をギュッと握りしめると、涙がぽつんとそこへ落ち、やがて、降りだした雨のように一滴また一滴と落ちていった。

「お前、どんな恋してんだよ」

そう言ったかと思うと、葉山社長は突然、立ち上がった。そして私の隣へ移動しゆっくりと腰をおろした。狭い観覧車の箱の中で大人ふたりが横に並んで座ると、身体がぴったりとくっついた。

「な、なんですか」

いきなり隣に座ってきた意図が分からず、私は涙のたまる瞳で彼を見上げた。

「泣くなって」

そうつぶやいて葉山社長の大きな手が私の頬にそっと添えられた。そして彼の長い親指が私の目もとをこすり、こぼれる涙をそっと拭ってくれた。

「俺、お前の涙には弱いんだって。だから頼むから……もう俺の前で泣くな」

頬に添えられていた手が、そのまま私の後頭部に回されてぐいっと引き寄せられた。気が付いた時には、私の頭は葉山社長の胸の中にあり、視界が真っ暗になっていた。

「あの、えっと」

突然の出来事に困惑している私をよそに、葉山社長は反対の手を私の腰に回すと、さらにきつく抱きしめた。

涙はすっかり止まってしまい、代わりになぜか心臓がドキドキとうるさい。

それでも、なんだかとても安心するのはどうしてだろう……。

そっと目を閉じると、葉山社長が愛用している香水の香りがした。その甘い香りは、抱きしめられているとより強く感じられる。

もしかして慰めてくれているのかな？　そういえば、さっき葉山社長が言っていた『お前の涙には弱い』ってどういう意味だろう。葉山社長の前で泣いたことなんてそんなにあったかな。

思い当たるのは初めて会った日、森堂商店街の再開発をやめてもらいたいという話を葉山社長にしたときだけだった。確かにあの時は話しながらつい涙を見せてしまったけれど……。

そこでふと思い出したのは、さっきの葉山社長の会話だった。子供のころに泣かせてしまって、その泣き顔が忘れられないという女性に私が似ているから、葉山社長は私の泣き顔にも弱いのだろうか。


その後、観覧車から降りた私たちは、横浜の街の中を歩いた。

すれ違う多くのカップルは、手を絡《から》めて繋いでいたり、肩を寄せ合っていたり。そんな幸せそうな姿を横目に見ながら、私は少し前を歩いている葉山社長の後ろを、一定の距離を保ちながら歩く。

「あの、葉山社長」

その背中に向かって声をかけると、スーツのパンツのポケットに両手を突っ込みながら歩いていた葉山社長が振り返った。

「なに？」

「すみませんでした」

「なにが？」

「えっと。泣いてしまって……」

観覧車の中でのことを詫びる。あのあと観覧車が一周を終えるまで、葉山社長は私のことをずっと抱きしめてくれていた。すっかり涙は引いていたけれど、葉山社長の胸の中が温かくてつい甘えてしまった。

　涙の理由、話したほうがいいのかな……。

　葉山社長の〝カン〟が当たっていることを彼に伝えて、私の恋の話をしてみようかと迷う。ずっと自分だけの心の中に想いを閉じ込めてきた。でも誰かに話せば楽になるっていうし。そう思って声をかけようとした。すると、

「あれぇ。もしかして光臣？」

と、どこかから女性の声が聞こえた。

　振り向くと、顎に人差し指をちょこんと乗せて首をかしげている女性がいた。

「ああ！やっぱりそうじゃん。光臣だぁ」

　くるくると巻かれた栗色の髪、暗闇でも目立つほどの派手な化粧。胸もとが大きく開いたワンピースは、丈も下着が見えてしまうんじゃないかと心配になるくらい短い。ヒールの高い靴をコツコツと鳴らしながら女性がこちらに向かって歩いて来る。

「おお。マミじゃん」

　どうやら葉山社長もこの女性を知っているらしい。

「どうしてこんなところにいるのぉ？　これって偶然？　ううん、もしかしてマミと

光臣の運命じゃな〜い？」

マミさんという名前の女性は、葉山社長に飛びつくようにしてその腕に自分の腕をからめた。ふわっと強いお酒の香りがした。

「ねぇねぇ、久しぶりにマミと遊ぼうよぉ」

「遊ぶって、お前、仕事は？　これからだろ」

「ううん。今日はお店休みなの。だから遊ぼうよぉ。朝までずっと、ね」

葉山社長の胸もとに人差し指をつきつけて、ぐりぐりするマミさん。葉山社長もまんざらでもなさそうな顔で笑っていたが、急にすっと笑いを消して、私のほうを見た。そしてしばらく、なにかを考えているような真剣な表情で私の顔を見ていたが、小さく息を吐くと、また目をそらした。

「そうだよな……。やっぱり俺はこういう性格だよな」

そうつぶやくと、葉山社長はマミさんに向かって「久しぶりにお前と遊ぶか」と言って彼女の肩を抱き寄せた。

「やったぁ。光臣大好きぃ〜」

マミさんが葉山社長の頬にキスをする。

「ほら、行こうぜ」

「うんうん。行く行く～」

なんだかとても親密そうな様子に戸惑って、私はふたりの顔を交互に見た。するとマミさんが私を指差した。

「ねぇ、ところでその子だれぇ？」

失礼な態度に、少しだけムッとした。しかし次の瞬間、私をさらにムッとさせる発言が葉山社長の口から飛び出した。

「ああソイツ？　ソイツは田舎から出てきた俺の親戚」

「へぇ～」と言ってマミさんは私に近付き、まじまじと顔を見てくる。

「うーん。似てないけど、でもさすが光臣の親戚。かわいいじゃん」

でも私のほうがかわいいけどね、とちゃっかりと付け加える。いろいろ言い返したいことはあるけど、私はグッと言葉をのみこんだ。すると葉山社長が再び口を開く。

「ソイツ今、こっちの家に遊びに来てんだけど、さっきまで俺が都会を案内してあげてたんだよ。でももういいよな？」

財布からお札を取り出すと、それを私に手渡してくる。

「ほら。これでタクシー拾ってウチに帰りな」

諭吉さんが五枚。いったいここから家まで何往復できるだろう。多すぎるし、そもそもこんな大金受け取れないので返そうとしたのだけれど、受け取ってもらえない。

「気を付けて帰れよ、花」

そう言うと葉山社長は、私の頬に触れるだけのキスをした。思いがけない行動にぎょっとして慌てて頬を押さえる。そんな私の仕草に、マミさんがケラケラと声をだして笑いだした。

「ダメだよぉ、光臣。キスしていい相手としちゃいけない相手がいるんだよぉ。親戚ちゃんは純粋そうだし、そういう子に簡単にキスしたら、軽い男だって信用されなくなっちゃうよぉ？　あっ、光臣はもともと軽い男だから関係ないかぁ〜。あはは」

勝手にこんなところにまで連れてこられたり、親戚と言われたり、お金を渡されてあとはタクシーで帰れと言われたり。葉山社長がこのあとマミさんとどんなふうに過ごすのかは知らないし、知りたくもないけど、私はもうこれ以上ここにはいたくない。

『田舎者の親戚』は早く退散します。

「都会を案内してくれてありがとうございましたっ」

嫌味たっぷりな口調でそう告げ、背中を向けて歩きだす。

「待てよ、花」

葉山社長に声をかけられたけれど無視して歩いた。諭吉さん五枚は手に握りしめたままだったけど、こんなお金は使わない。タクシーでなんて帰らない。
もうすぐそこに駅がある。そこから自分のお金で電車に乗って家まで帰れる。
葉山社長はやっぱり最低な人だ。

「責任とれよ」


　週明けの月曜日、私は、いつものように持田さんと休憩室で昼食をとっていた。

　今日のお弁当は三色そぼろ丼。味付けした鶏ひき肉とほうれん草と卵をご飯の上に乗せただけのシンプルなものだけれど、私は小さいころからこのそぼろ丼が大好きで、今でも週に一度はお弁当にして持ってきている。一方の持田さんは、今日もコンビニのサラダだけ。それにドレッシングをかけながら持田さんが口を開いた。

「噂になってるわね。花と葉山社長とのこと」

「ですね……」

　休憩室にはほかの女性社員たちもいて、さっきから私を見てコソコソと話している声が聞こえてくる。

「それで、本当に付き合っているの？」

「付き合っていません」

「またまたぁ〜。私には本当のこと教えてくれてもいいんじゃない？」

「本当に付き合っていません」

私は持田さんの言葉に首を横に振った。

「でも、花がいない時に、葉山社長は付き合ってるってみんなの前で言ってたわよ？」

「それは……」

商店街の再開発のことや取引のことは持田さんには話すわけにはいかなかった。

「葉山社長のただの冗談です。葉山社長とは、穂高部長の付き添いで本社ビルに行った日に知り合って、そのとき〝いろいろ〟あって……」

葉山社長との関係が始まったのは確かにあの日だから嘘はついていない。私が言えるのはそこまでだった。でも持田さんはさらに追及してくる。

「いろいろってなにがあったの？」

「それは……すみません。話せません」

そしてごめんなさい、と謝る私を見て持田さんが小さく息をはく。

「話してくれないんだ」

花のケチ～っ、と持田さんがいじけるように頬をふくらませる。でも私が頑なにしゃべろうとしないので諦めがついたのか、しばらくして「分かったわよ」と言った。

「話したくないことを無理には聞かないけど、つまりなにか事情があるってことね」

その言葉に私が黙ってうなずくと、持田さんはずいっと顔を私に近付けてくる。

「でも最後にひとつだけ聞かせて」

「なんですか？」

そぼろ弁当に箸を伸ばし、口へ運ぼうとしていた手を止めて、私は持田さんを見つめた。

「葉山社長って女グセ悪いって噂だけど。花、遊ばれているわけじゃないわよね？」

周りには聞こえないようにひそひそと持田さんは続ける。

「ほら、前にも話したでしょ。葉山社長って本社の女性社員やほかの女性とも身体だけの関係が多いって」

そういえば取引をしたばかりのころ、情報通の持田さんに葉山社長のことを聞いたことがあった。そしてここ最近、葉山社長と過ごしてみて、その噂が本当だということも分かった。

サラダに手を付けながら持田さんがまた小さい声で言う。

「どんな事情があるのか知らないけど、花のことが心配なのよ。ほら、花ってば男慣れしてなさそうだし。葉山社長にいいように遊ばれてるんじゃないの？」

確かにそうかもしれない。私は葉山社長に遊ばれている。いくら商店街を守りたかったからとはいえ、無茶な取引を受け入れてしまったことをずっと後悔していた。

ほぼ無意識に「はぁ……」と深いため息をこぼした私の様子を見て、持田さんはますます心配そうな顔をする。

「やっぱり遊ばれてるんでしょ。身体だけの関係なの？」

思わずハッと顔を上げてしまう。

「いえ。そういうことはまだ一度もありません」

正直にそう答えると、持田さんはキョトンとした顔をする。

「そういうのじゃないの？　あの葉山社長と一緒にいるのになにもされてないの？」

「はい」

突然キスされたり襲われかけたりはしたけれど、その先へはまだ踏み込んでいない。

「よく分からないわね……」

腕組みをしながら持田さんがぽつりと言うと、ますます真剣な表情になった。

「ねぇ、もしかして本気で付き合ってるの？　花って葉山社長の本命なの？」

「私がですか？」

驚いて思わず大きな声が出てしまい、慌てて手で口をおさえた。

付き合っていないって言ったばかりなのに、どうして話がそこまで飛ぶんだろう。

本命なんてありえない。

「だって本社の女性社員との関係は一夜だけで終わらせるって噂の葉山社長が、花とは何回も会ってて身体の関係がないなんておかしくない？」

「それは……」

私が葉山社長のまわりにいるほかの女性たちとは違って、取引で付き合わされているだけだから。

「もしかして葉山社長、本気で花のことが好きなんじゃない？」

「えぇ!?」

持田さんがなにげなくつぶやいた言葉に、私はギョッとした。なんでまたそんな話になるんだろう。

「本当にそういうのじゃないんです。私が葉山社長と一緒にいる理由は……」

「理由は？」

「えっと……すみません。話せません」

私はまた口をつぐんだ。

葉山社長が私に本気？　絶対にありえない。それに葉山社長は言っていた。まわりに素敵な女性がたくさんいるはずなのに、私に『俺の女になれ』と言ったのは、私が葉山社長の忘れられない女性に似ているから。それ以外の感情なんてない。その証拠に、私は夜の街に置き去りにされ、ほかの女性とどこかへ行かれたくらいなのだ。

と、金曜日の夜のことを思い出して、また腹が立ってくる。

そういえば使わなかったタクシー代を返さないといけない。けれど、葉山社長には会いたくない……。

お昼の休憩が終わると、私は二階にある会議室にこもり、午後の会議の会場のセッティングをしていた。テーブルとイスを決められた配置に並べていく。途中で暑くなって制服のブラウスの上に羽織っていたカーディガンを脱いだ。配置が終わると、次は必要な書類を人数分並べる。それからペットボトルのお茶と紙コップも置いた。

「ふぅ。完成っと」

少し開けた窓からふんわりと風が入ってきて気持ちがいい。外を見ると、真下にある駐車場に何台か車が入ってきたところだった。停車した車からスーツ姿の男性が数名、降りてくる。

今日は葉山総合のグループ会社である葉山食品と、ウチの会社との間で行われる、月に一度の定例会議の日だった。会議は毎月順ぐりにそれぞれの会社で行われていて、今月はウチの会社がその番だ。

「花！　大変、大変」

　バタンと会議室のドアが開き、持田さんがキレイにセットされた髪を振り乱してかけよってきた。

「来てるのよ」

　誰が？　そう思って、ああ、と理解する。

「葉山食品の方たちですか？　それなら車が着いたのがここから見えたので知ってますよ。会場のセッティングはもう終わっているので、こちらに入っていただいて大丈夫で――」

「違うの！　そうじゃなくてっ」

　持田さんが大きな声で私の言葉を遮《さえぎ》る。

「そっちじゃなくて、葉山社長」

「どうして葉山社長がウチの会社に来てるんですか？」

「視察らしいよ。定例会議を見に来たんだって」

　視察？　担当者が数名ほど集まるだけの小さな会議に、葉山社長がどうして来るの？

　この会社に入って五年目だけれど、定例会議に親会社の社長が来るなんて、初めてのことだった。

「部長たち大慌てだよ。さっき着いたばかりの葉山食品の人たちも焦ってた」

確かにそうだろう。普段から行っている会議に、なんの知らせもなく突然グループのトップが現れたのだから。

そのあと、予定よりも十分ほど早く定例の会議は始められた。事務員である私は参加しないので、通常どおりの業務をこなす。会議は、普段は二時間ほどで終わるのだが、今日は長引いて、終了予定時刻になっても、参加している社員は戻ってこなかった。途中、追加の資料を代わる代わる取りに来た男性社員のうちのひとりがボソッと「葉山社長の質問、厳しすぎるって……」と額の汗をぬぐいながらつぶやいていた。

結局、会議が終わったのは終了予定時刻の一時間半後だった。参加していた穂高部長から連絡をもらった私が、会場の片付けをしに向かうと、途中ですれ違ったウチや葉山食品の社員たちは、長丁場の会議にぐったりとしているように見えた。

私は会議室で、空のペットボトルや紙コップを片付け、会議用にセットしたテーブルとイスを元の位置に戻していった。すると、まだ会場に残って資料の片付けをしていた穂高部長が、深いため息をついた。今回の会議の進行役を務めていたこともあり、お疲れなのだろう。大きな身体が小さく丸まっている。

「部長、会議お疲れさまでした」

そっと声をかけると、穂高部長が顔を上げ、力なく笑った。

「無事に終わってよかったよ……。なんの連絡もなく、突然、葉山社長が来て会議に参加するって聞いた時は焦ったけどね」

穂高部長はまとめた資料を机の上でトントンとたたく。

「僕が部長になってから、いやもっと前からかな。葉山食品との定例会議に葉山総合の社長が来るなんて初めてだよ。葉山社長、子会社も含めたグループ全体のことをしっかり把握《はあく》しておきたいって言っていたけど、さすがだよね。会議でも、少しでも矛盾があれば、納得するまで追及してくるし、噂どおりのキレ者だったなぁ。二十代半ばで、低迷している事業の業績を次々回復させたって聞くし、さすが、あの若さで社長になるだけの人だって思ったよ」

忘れていたけれど、葉山社長は経済誌でその経営手腕を取り上げられるほどの人だった。彼が社長に就任してから、葉山グループ全体の売り上げは過去最高になったと聞く。

やっぱりすごい人なんだなぁ……。

私が普段、接している葉山社長はまったくそんな人には見えないけれど、改めて考えると、あの人は日本を代表する企業のトップなのだ。

穂高部長が退室したあとも、私はテーブルを拭いたり、ホワイトボードに書かれていた文字を消したり、窓を閉めたりして、会場の片付けを続けた。ちょうど終わりかけたその時、退室したはずの穂高部長が戻ってきた。

「そうだ、湯本くん。応接室に葉山社長がいらっしゃるから、お茶を出してあげて。疲れたから少し休憩したいっておっしゃるから、応接室を使ってもらってるんだ」

「わかりました」

正直、葉山社長にはあまり会いたくなかったけれど、部長に言われたとおりお茶の用意をして、応接室へと向かった。コンコンと扉をノックすると「どうぞ」と聞き慣れた声がする。

「失礼します」、と言って部屋に入ると、ぴしっとしたスーツ姿の葉山社長が、私の姿を見てへらへらと笑いだす。

「よぉ、花！」

応接室といっても六畳ほどで、ふたり掛けのソファふたつと、テーブルがあるだけの簡素な部屋だ。葉山社長はそのソファにどっかりと腰をおろしている。向かい側に背筋をピンと伸ばして座っているのは、秘書の佐上さんだ。

「お茶持ってきてくれたのか？　ごくろうさん。……佐上、お前ちょっと席外して」

葉山社長がしっしと手で追い払うような仕草をすると、佐上さんは一瞬、なにか言いたそうな顔をしたけれど、黙ってゆっくりと席を立った。それから葉山社長に一礼し、部屋をあとにした。

「花はここな」

ふたりきりになった応接室で、葉山社長は自分の座っているソファの隣をぽんぽんと叩く。なんとなくそれに従うのが嫌だったので、さっきまで佐上さんが座っていた向かいの席に腰をおろすと、葉山社長がムッとしたような表情をした。

「ったく」

そうつぶやいて、わざわざ私の隣に移動してきた。しかもすぐ真横に座り、身体をぴったりとくっつけてくる。

「葉山社長。近すぎです」

「別にいいだろ。今はふたりきりだし」

でもここは会社なのに。

はぁ……と思わず深いため息がでる。

「そういえば、この前、ちゃんと帰れた？」

ふと思い出したように葉山社長が言った。金曜日のことを言われているのだとすぐに気が付いた。

「電車で家まで帰りました」

「電車？　タクシー使わなかったの？」

「はい。なのでいただいた五万円はお返しします。今、持ってくるので待っていてください」

葉山社長に会ったらいつでも返せるように、お金は封筒に入れて持ち歩いている。仕事中はロッカールームに置いてあるので、それを取りにいこうと腰を浮かすと、手首を掴まれ引き戻されてしまった。

「使わなかったなら、そのまま金はお前にやるよ」

「そういうわけにはいきません」

なにもせず五万円ももらうなんてできない。「お返しします」ともう一度強く言って行こうとしたけれど、手首を葉山社長に掴まれたままなので動くことができない。

「ところで今日、俺んち来ない？」

お金の話から話題をそらされてしまった。

「またメシでも作ってよ。花の作る料理、うまいからまた食べたくて。……そうだなぁ。

今度は肉じゃがが食べたい」

行くとはまだ返事をしていないのに、料理のリクエストをしてくる葉山社長から、私は視線をそらした。それから、ぼそっと小さな声で告げる。

「あの人に作ってもらえばいいじゃないですか」

「あの人って？」

「この前の人ですよ」

葉山社長は首をかしげたけれど、しばらくして思い出したのか「もしかしてマミのこと？」と金曜日の夜の女性の名前を口にする。

「アイツはダメだ。料理できないから。アイツとはいつも俺がメシおごってやって、そのあとはホテルで……ってそこまで言わなくていいか」

やっぱり葉山社長とマミさんは、あのあとホテルに行ったんだ。でも別に私には関係ないことなのに、不機嫌になってしまうのはどうしてだろう……。

「すみません。今日は用事があるので行けません」

用事なんてなにもないけど、ついそんな嘘が口から出てしまった。すると私の嘘を見透かしたように、葉山社長の視線が鋭くなる。

「なんの用事？」

「あなたには関係ないです」

「また合コン？」

「違います」

「じゃあ幼馴染の男と会うの？」

えっ？　と、声を上げたと同時に、葉山社長の大きな手が私へと伸びてきた。

「うわっ」

肩を強く押されて、私はそのままソファの上に倒れてしまった。上から葉山社長が覆いかぶさってくる。戸惑う私とは反対に、葉山社長は楽しそうに笑っていた。

「お前なぁ。うわっ、じゃなくてもう少しかわいげのある驚き方しろよ」

私の顔の横に両手を突き、葉山社長が顔を近付けてくる。

「なんの用事だか知らないけど、今のお前は俺を優先させろ。取引忘れたのか？」

「やめてください」

顔を徐々に近付けてくる葉山社長の身体を手で押し返して抵抗するけれど、びくともしない。すると片方の手が私の頬に触れ、そのまま親指で唇をそっとなぞられる。

「――っ」

くすぐったくて顔をそらしても、またすぐに戻されてしまう。

「責任とれよ、花」

葉山社長が低い声でそう告げる。

「お前のせいでマミを抱けなかったんだ」

なんのことを言っているの？　私のせいでマミさんを抱けなかったって……。私と別れたあと、ふたりでホテルへ行ったんでしょ？　私は関係ないはず。

すぐにでもキスをしそうなくらい顔を近付けながら、葉山社長の親指は私の唇を撫でるだけだ。

「女とは後腐れのない関係でよかったのに……俺を本気にさせた責任とれよ」

そうボソッと葉山社長が漏らした時だった。コンコンと扉を叩く音が聞こえ、開いた扉から佐上さんが顔をのぞかせる。

「失礼します。社長、そろそろお時間で……」

変なところで言葉を切った佐上さんの眼鏡の奥の瞳が見開かれる。そして押し倒されている私と目が合うと「お取り込み中に失礼しました」と、さっと視線をそらし、そのまま扉を閉めて外へ出た。

ち、違います、佐上さん！　なにもお取り込んでいませんから。

「ったく。もう時間かよ」

葉山社長が髪をかき上げながら、私からゆっくりと離れた。私もすぐに体を起こして立ち上がり、少し乱れてしまった髪の毛を整えた。

葉山社長は、そのまま扉へと向かい歩いていき、ドアノブに手をかけると「あっそうだ」と私を振り返った。

「知り合いのパティシエからケーキたくさんもらったんだ。選《え》りすぐりの果物がふんだんにのったフルーツタルトだ。今日の夕食のあとに一緒に食べようぜ」

「え、あのっ」

「じゃ、また今夜な。買い物して、俺のマンションに直接来てくれ」

一方的に話を進めて、葉山社長は部屋をあとにしてしまった。まだ行くなんて言っていないのに。

「はぁ……」

今日の仕事が終わったあとのことを想像したら、またため息がでた。それでも次の瞬間には、頭の中で肉じゃがの材料と作り方を思い出していたり、食事のあとの高級フルーツタルトを思い浮かべて、楽しみにしてしまっている自分もいたりして……。

すっかり葉山社長のペースにのまれてしまっている自分自身に困惑していた。

第三章　初恋の終わり

「忘れさせてあげようか？」


森堂商店街にある喫茶店『レインカバー』には、ジャズが流れていた。

「バカじゃないの⁉　どうしてそんなことしたのよ。ああ、もうっ！　花ってば本当にバカ。大バカ！」

「そんなにバカバカ言わなくても」

シュンとして下を向いてしまう。しかし、目の前に座っている幼馴染は、そんな私を見て容赦《ようしゃ》なく続ける。

「花ってば、小さい時からそういうところあるよね。困っている人を放っておけなくて最後は自分だけ損するっていうの？　ほら、夏休み中のウサギの世話当番を、クラス全員分のをひとりで引き受けたり、誰もやりたくなかった体育祭委員にスポーツ苦手なくせに立候補したり、仲間外れにされてる子と仲よくなろうとして自分が仲間外れにされたり、テスト前に授業のノートをクラスの子に貸して、自分が勉強できなくなったり……まだまだあるよ」

「そんなことよく覚えてるね、優子」

「当たり前でしょ。幼稚園から高校までずっと一緒なんだからっ」

大きな声が喫茶店に響きわたる。

「まぁまぁ、優子ちゃん落ち着いて。花ちゃんとなにをもめてるんだい？」

銀色の丸いトレーを片手に現れたのは、この店のマスターのジョージさんだ。白くて長いヒゲが自慢の六十代のおじいちゃんで、本名は譲ノ信《じょうのしん》さん。日本生まれの日本育ちだ。

「ほらふたりとも、コーヒーでも飲んで」

白いマグカップがテーブルの上に置かれる。挽《ひ》きたての豆を使って淹《い》れられているコーヒーは、やっぱり香りがいい。このお店は、このコーヒーがおいしいと評判だ。サンドイッチやナポリタンなどの軽食もあり、これらもシンプルな味付けなのにとてもおいしい。ジョージさん自慢のコーヒーに口を付け、その香りと味を楽しんでいると、そんな私がのんきに見えたのか、優子が深いため息をついた。

「花ってば本当にどうするの。社長さんに遊ばれてるんだよ？」

心配そうな表情の優子を見て、私は黙ってうつむいた。

優子と会うのは久しぶりだった。今朝、電話があり《花に話したいことがあるの》と改まって言われ、特に用事もなかったので、ここで待ち合わせをしたのだ。

しかし、優子の話を聞く前に、森堂商店街の再開発の話題が出て、気心が知れた相手だということもあり、すっかり油断してしまった私は、うっかり葉山社長との取引のことを話してしまったのだった。葉山社長から『俺の女になれ』と言われたこと、彼のマンションへ行って食事を作っていることも全部。

それを聞いた優子は、持ち前の正義感の強さもあって、ひどく怒りだしてしまった。葉山社長との取引がはじまってから、気がつけばもう一カ月以上経っていた。週に三・四日のペースで私は、葉山社長のマンションに料理を作りにいっていて、最近では合鍵を持たされるようにもなった。葉山社長の帰りが遅くなる時は、ひとりでマンションへ行き、夕食の準備をする。葉山社長が帰ってくると、それを一緒に食べて、食べ終わると車で家まで送ってもらう。それがすっかり私の日常になってしまっていた。

「もうっ！　花ってば本当に呆れる。再開発が突然なくなったから、おかしいとは思っていたけど、まさか花がそんな取引をしていたなんて」

「優子は、再開発のことは前から知っていたの？」

「当たり前でしょ」

優子が大きくうなずいたのを見て、私はマグカップを握る両手に力を込めた。

「私は最近まで知らなかった」

私が知ったのは春だったけど、母の話によると、再開発の計画は今年の初めに出てきていて、そのことで商店街のみなが頭を悩ませていたらしい。それに私はまったく気づくことができなかった。あの時、様子のおかしい両親を見て、自分から聞かなかったら、今も知らなかったかもしれない。

「花のところのおじさんやおばさんは優しいからね。きっと花に余計な心配をかけたくなかったんだよ」

「でも、私はもっと早く教えてもらいたかった。優子は祐兄《たすく》ちゃんから聞いたの？」

「うん、まぁね」

優子より五つ年上の祐兄ちゃんには、私も小さい頃、よく遊んでもらった。今は結婚して、奥さんとふたりで桐原生花店を継いでいる。優子の両親は既に亡くなっている。お父さんは優子が小学生の時に病気で亡くなり、それからはお母さんが女手ひとつで花屋を切り盛りしながら、優子と祐兄ちゃんを育ててきたのだけれど、そのお母さんも二年前に病気で亡くなった。

「それに、私はお店を継がないといけないから、商店街がなくなったら困るの」

ぽつりと優子がこぼした言葉に、私は首をかしげた。

「あれ？　でもお花屋さんなら祐兄ちゃんと奥さんが継いでるでしょ？」

「そうなんだけどそっちのお店じゃなくて……って、それよりも今は花のこと！」

優子の語気がまた荒くなる。

「そりゃね、再開発がなくなったのはうれしいよ。でも、さっきの話だと花だけが犠《ぎ》牲《せい》になったみたいで喜べないよ」

犠牲かぁ……。そんなふうに思ったことはなかったんだけど。

「よしっ、決めた。その社長に会いにいこう」

優子がテーブルに両手をついて立ち上がる。

「ちょっと待ってよ優子」

「そんな取引やめてもらう。だいたい『俺の女になれ』なんて何様のつもりなの？ 大企業の社長がそんなに偉いのかっ！」

「優子。とりあえず落ち着こうよ」

「無理！　ああ、もうっ！　頭くる！　それに、これは花だけの問題じゃない。その社長のやりくちが気に入らない。そんな弱味につけこむような話を持ちかけるなんて、女性をバカするにもほどがあるよ。許せない」

さすが小・中・高と生徒会長を務めただけはある。優子の正義感の強さは、今も変わっていない。そして、その強気な性格や行動力に、私はいつも憧れていたっけ。

「優子の気持ちはうれしいけど、もしその取引をやめたら、商店街の再開発がまた始まるかもしれないよ」

「でも、このままだと花がひとりで損してる」

「私はいいの。大丈夫だから」

『俺の女になれ』と言われたので、なにをされるかと怯えていたけれど、葉山社長とは、彼のマンションで料理を作って一緒に食べるだけの関係だ。最初のころは、突然キスをされたり襲われそうになったりしたこともあったけれど、最近はなくなった。

相変わらずの葉山社長の俺様ぶりにも、近頃はすっかり慣れて、いちいち腹を立てることも少なくなった。

取引がいつまで続くのかは分からないけれど、少なくとも続けている間は、森堂商店街は葉山総合に再開発されずにすむ。反対運動をしても、小さな商店街が大企業を敵にまわして戦うのはきっと大変だ。だから私が我慢をすればいいだけ……。

本心でそう思っているのに、優子の表情がますます険しくなる。

「花のそういうところ、子供のころから好きじゃなかった」

優子がうつむきながらぽつりと言う。

「困っている人を放っておけなくて、自分から首を突っ込んで、結局、自分だけ損して……そんな花の性格が、私には理解できなかった」

　突然の優子の告白に、私は戸惑って返す言葉も見つからない。

「そうやって、自分より人の幸せを優先するところが嫌い。自分が我慢して身を引けばうまくまとまると思って、犠牲になってばかりのところ、大嫌い」

「優子……」

「でも、なにが一番嫌いかっていうと、そんな花の性格を知ってて、それに付け込んだあの時の最低な自分が大嫌い。あの時、花だって本当は……」

　そこまで言いかけて優子は口を閉じた。それから飲みかけのコーヒーを口の中へ流し込み、イスから立ち上がる。

「ごめん。今日は帰るね」

「でも優子、私に話があるんでしょ？」

　すっかり話がそれてしまったけれど、そもそも今日は優子に誘われたのだ。まだその肝心な話を聞いていない。

「ごめん。今日はそんな気分じゃなくなった。また連絡する」

　そう言って優子は私に背中を向けた。

「ちょっと待ってよ、優子」

制止する私を振り返ることもなく、優子は店を飛び出していく。ドアベルがチリンと寂しそうに鳴った。

「おやおや、花ちゃんと優子ちゃんがケンカなんて珍しいね」

ジョージさんがカウンターでコーヒーを挽きながら心配そうに言う。

「どうしようジョージさん。……優子のこと怒らせちゃったかも」

私はマグカップに口をつけた。少し冷めてしまったブラックコーヒーの苦みが口いっぱいに広がった。


「おい、花」

「いたっ」

コツンといい音が響いたかと思うと頭に痛みが走った。反射的に頭をおさえて振り向くと、いつの間にキッチンへ移動してきたのか、葉山社長が立っていた。今日は休日にもかかわらず、午前中に大事な会議があったらしくスーツを着ている。しかも夕方から海外へ出張だそうで、着替えず上着を脱いでネクタイを外しているだけだ。

「お前、なにぼけっとしてんだ。鍋、噴《ふ》いてるけど」

そう言われてコンロの上を見ると、鍋がぶくぶくと音をたてていて慌てて火を止めた。フタを開けて中を確認すると……よかった。焦げていない。

「ロールキャベツ?」と、言いながら後ろから葉山社長が鍋の中をのぞき込む。

優子と気まずい別れ方をした翌日。あのままでは嫌だったので、もう一度会いにいこうと優子の家に向かった。おみやげに、パティスリーSANOのイチゴショートケーキを持って。

でもその途中で、葉山社長から呼び出されてしまった。『商店街の入り口にいるから、今すぐに来い』と命令口調で言われて慌てて向かうと、休日だというのにスーツ姿の葉山社長が、派手な黄色の車のそばに立っていたのだ。

マンションへ連れて来られ、なにか料理を作るよう言われて迷ったけれど、最近、覚えたばかりのロールキャベツを作ってみることにした。でも、作りながら昨日の優子のことを思い出してついぼんやりしてしまった。

スープの味見をして「うん」とうなずく。

キャベツも軟らかくなっているし、肉だねにもしっかり火が通っている。完成かな。

「そういえば、彼氏に料理を作ってあげたことないの?」

いきなり、そう葉山社長に聞かれて、思わず味見用のスプーンを持ったまま固まってしまう。彼氏に料理を作ってあげるどころか、その彼氏すらいたことがないのだけれど、それを葉山社長の前で正直に言うのが恥ずかしい。

「あ、ありませんね」

そう答えた自分の声が上ずっていることに気が付いた。すると葉山社長が片方の口角を上げてニタリと笑い、私をまじまじと見つめる。

「あれ？　お前もしかして彼氏いたことなかった？」

ギクッと身体が反応する。

「ああ、なるほどな。なんとなく男の経験なさそうだとは思ってたけど、やっぱりそうか。キスの時もガチガチに固まってたし……あ、もしかして俺とのアレがファーストキス？」

そのとおりですよ。私はあなたにファーストキスを奪われました。しかも、一度ではなく何度も。思い出すと、ふつふつと怒りが込み上げてくる。

「ああ……なんかごめんな」

言葉では謝っていても、顔がニヤついている。この人、絶対におもしろがってる。

そりゃあ、女性経験が豊富な葉山社長にしてみれば、私のような「年齢＝彼氏いない歴」の人間は珍しいのかもしれない。それに、口先だけで謝られるとかえってみじめな気分になる。今さら私のファーストキスは戻ってこないんだから……。

その話題はもうやめようと、気を取り直してお皿を手に取り、出来上がったばかりのロールキャベツを盛り付ける。

「もしかしてお前、幼馴染にずーっと片想いでもしてんの？　この前、観覧車で泣いてたのもそいつのせいなんだろ？」

葉山社長の言葉に、ピタッと身体が止まる。

「詳しいことは分からないけど、片想いなんてさっさとやめて、好きなら好きって言っちゃえばいいんだよ」

それができなかったから、こうして引きずっているのに、私の恋の事情をなにも知らないくせに、勝手なことを言わないでほしい。相手を好きだっていう気持ちがあっても、想いを伝えられないことだってあるのに……。

「葉山社長には関係ないので」

止まっていた手を再び動かし、鍋の中に残っている最後のひとつのロールキャベツをお皿に盛った。その上から熱々のスープをかけると、湯気が立ちのぼる。

「できましたよ。温かいうちに食べましょう」

お皿を両手で持ち、ダイニングテーブルへ運ぼうとすると、背中からまた声をかけられる。

「また泣くのか？」

そう言われて立ち止まる。

「泣いてませんけど」

「でも、これから泣くんだろ？」

「泣きません」

でも、私の手は震えている。正直、少し泣きそうだった。陽太の話は、できればしたくなかった。手の震えで、せっかく作ったロールキャベツのお皿を落とさないようにする。すると背後の葉山社長が、深いため息をつくのが分かった。

「言っただろ？　俺はお前の涙には弱いんだって。だから泣くな」

そう言われても、私を泣かせようとしているのは葉山社長だ。私の恋に触れないでほしい。そっとしておいてほしい。二年前のあの日から、ずっと自分の気持ちを隠してきたのに、それなのに……。

「あなたが陽太の話をするからっ」

気がつくと、大きな声で叫んでいた。

「私が誰を好きでも、どんな恋をしていても、あなたには関係ないです。そうやって踏み込んでこないでください」

あの日から、私は陽太への想いにフタをしている。私は自分が身を引いて、優子の幸せを願うって決めたのだ。それなのに、こんなに未練が残っている。陽太のことが忘れられない。今さら閉じたフタを開けたりしちゃいけないのに、もしも、陽太に好きだと言ってもらえたあの日に戻れたら、私は……。

「……花」

耳もとで名前を呼ばれたかと思うと、ふわっと背中にぬくもりを感じた。葉山社長が後ろから私をすっぽりと抱きしめている。

「俺が、お前の恋を忘れさせてあげようか?」

私のお腹の前に回された腕にギュッと力が込められる。

「俺を選んでくれたら、ほかの男のことなんて思い出せないくらい愛してやるよ」

また、いつものようにからかわれているだけだろう。でも、そう告げる葉山社長の声は普段より低くて、真剣に聞こえた。それに、いつもは自信たっぷりで話すのに、少しだけ声が震えているようにも思える。

観覧車の中で、陽太のことを考えて泣いてしまったことを思い出す。あの時も葉山社長は私のことを抱きしめてくれた。

優しくなんてしてほしくない。この人は、私たちの商店街を再開発する計画を立てていた会社の社長で、無茶な取引をさせている当事者だ。

「なーんてな、冗談だよ」

葉山社長の腕が私のお腹から離れ、背中のぬくもりも消えた。

「ほら、早く食べようぜ」

葉山社長が私の手からお皿を取り、ダイニングテーブルへ運んだ。「腹減ったなぁ」と、つぶやいている葉山社長は、いつもと変わらず飄々《ひょうひょう》としていた。


その夜、優子から電話があった。開口一番、昨日のことを謝られた。優子は、誘っておいて先に帰ってしまったことを反省していた。それに関して私は特に気にしていなくて、むしろ私の言葉や行動のなにかが、優子の気に触って怒らせてしまったと思っていた。私から連絡しようと思っていた矢先だったのでホッとした。

《また改めて会えないかな。この前は話せなかったけど、どうしても私の口から花に伝えたいことがあって》

電話の向こうで優子が申し訳なさそうに言う。

「もちろん、いいよ。またレインカバーでお茶でもしよう」

そうして私たちは、翌週の土曜日の午後に改めて会う約束をした。

優子が、電話ではなくて、わざわざ直接会って話したいことって、なんだろう。気になったけれど、その日になれば分かることだ。

それからたわいのない話をして、優子との電話を切ろうとした時だった。これだけは言っておきたいという口ぶりで、優子が言った。

《そういえば花、あの社長のことだけど、やっぱり、私は気に入らないし許せない。花とのことや、商店街のこと、直接会って話がしたいんだけど。今度会うのはいつ？私も一緒に行く。それか連絡先教えてよ。ガツンと言ってやるんだから》

「ちょっと待って、優子」

レインカバーで口を滑らせなければよかった。優子のことだ。この件をうやむやにはしたくないのだろう。でも……。

「私は本当に大丈夫。自分だけが犠牲になっているなんて思ってないよ。私なりに商店街を守りたいの。こうすることしか思いつかなかったけど……。でも、もし本当につらくなったら、優子を頼るよ。今は本当に大丈夫だから。このまま葉山社長との取引を続けようと思うの」

《花……》

私の言葉に優子はしばらく黙っていたけれど、やがて諦めたように言った。

《分かった。そこまで言うなら、私は口を挟まないでおく》
しぶしぶでも、納得してくれたらしい。私は優子にもうひとつだけお願いをする。
「あと、このことは、ウチの親や商店街の人たちには内緒にしておいてほしいの」
みんながこのことを知ったら、きっと優子みたいな反応をすると思う。だから知られたくはない。
優子は《分かった》と返してくれたけど、そのあと小さい声で付け足した。
《陽太にも言っちゃダメなんだよね？》
「うん……」
陽太には一番知られたくない。
《分かった。花の気持ちを尊重する。誰にも言わない》
「ありがとう、優子」
《でも、もしもひどいことをされたり、つらくなったりした時は、すぐに私に言うんだよ。その時は、大企業の社長だろうがなんだろうが許さないからね》
頼りになる優子らしい言葉だった。だから私は優子のことが大好きだし、憧れている。子供のころからずっと。

「久しぶり……」

キーボードを打つ手を止め、私はデスクの隅に置かれた卓上カレンダーを見た。六月の第二週の土曜日は、あと五日後だ。それは陽太が実家の和菓子屋を継ぐ日だった。

「どうしたの花。カレンダーなんてじーっと見て」

隣の席の持田さんに声をかけられたけど、「なんでもありません」と、視線をパソコン画面に戻し、再びキーボードをたたき始めた。すると、持田さんが周囲を見回してから、イスを動かして私に近付いてきた。

「ねぇねぇ、葉山社長とはどうなってるの？」

そう耳もとでささやかれ、ビクッとする。持田さんはもう一度、周りを注意深く確認した。近くにいるのは私と持田さん、穂高部長の三人だけで、男性社員たちは外出で不在、ほかの女性社員もいなかった。それを長話できる環境だと思ったのか、持田さんは続けた。

「この前の合コンにも来ていた、葉山総合の本社の友達から聞いたんだけどね、葉山社長、最近は、どの女性の誘いにも乗らないんだって」

「そうなんですか？」

「うん。女遊びやめたらしいよ」

それは知らなかった。

「花はまだ、葉山社長と会ってるの？」

「はい」と私が小さくうなずくと、持田さんは不思議そうな表情を浮かべる。

「ほかの女性とは会っていないのに、どうして花とだけは会っているんだろうね、葉山社長」

「それは取引が……」と、思わず言いかけて、口を手で押さえる。

「取引？」

口が滑ったのをしっかり聞いていたらしい持田さんが、聞き返してくる。

「えっと……大事な取引があって、葉山社長は忙しいみたいなので、私も最近は会っていないです」

それは本当だ。ロールキャベツを一緒に食べた日から、葉山社長は海外へ出張に行ってしまった。あれから一週間会っていないし、連絡もない。大事な取引というのは、本当は仕事とは関係ないことなんだけれど……。

葉山社長が女遊びをやめた理由はよく分からない。けれど、ただひとつ言えることは、葉山社長が私とだけ会っているのは、やっぱり取引があるからだろう。それ以外のことなんて、絶対になにもない……。

『俺が、お前の恋を忘れさせてあげようか？』

ふと、この前の言葉を思い出したけど、頭を思いきり横に振って忘れようとする。違う。あれは冗談だ。いつもみたいに私をからかっただけ。だから真《ま》に受けちゃいけない。それなのに、あの時の言葉が忘れられない。

『俺を選んでくれたら、ほかの男のことなんて思い出せないくらい愛してやるよ』

あの言葉も冗談に決まってる。違う違う、と、またも頭を思いきり横に振って、葉山社長の言葉を追い出そうとした。

男の人からあんなことを言われたのが初めてだったから、忘れられないだけだ。葉山社長じゃなく、ほかの誰かに言われたって、同じはずだ。

「どうしたの花？」

何度も頭をぶんぶんと横に振る私を、持田さんが怪訝《けげん》な顔で見ている。

「な、なんでもないです」

笑ってそう答えると、持田さんは納得がいかない様子だったけど、他の女性社員がオフィスに戻って来たので、話を続けるのを諦めてイスを元に戻し、自分の席で仕事を再開させた。

「ああ、やめたよ。もうしばらく女と寝てない」

その週の水曜日。葉山社長のマンションで、私は一緒に夕食をとっていた。

海外出張が終わったと連絡が入り、いつもみたいに料理を作りに来るよう言われた。

取引開始から二カ月近くこんな生活を続けていたら、すっかりそれが当たり前になり、なんの抵抗もなくなってしまったことが恐ろしい。

テーブルには、アジフライ、小松菜と油揚げの味噌汁、それから葉山社長が食べたいと言ったポテトサラダの大盛りが並んでいる。この部屋の立派なアイランドキッチンも、どこになにが置かれているのかが分かるようになり、ないものは買い足したりもしている。もう何品の料理をこのキッチンで作ったか分からないくらいだった。

食事をしながら持田さんから聞いた噂について尋ねたら、それは真実だったようだ。

「前にも言っただろ？　マミのこと抱けなかったって」

そういえば聞いた気がする。確か葉山社長がウチの会社に来て、私がソファの上に押し倒されたときだった。

「あれから、そういうことといっさいなし。俺にしてはよく耐えてるよ」

葉山社長は、箸でアジフライを掴むと口へ放り込んだ。サクッといい音が聞こえたので、その仕上がりに満足する。お手製のタルタルソースを乗せて食べるアジフライは、ウチの食堂でも人気メニューのひとつだ。

「どうして我慢してるんですか？」と、さらに聞いてみた。別に我慢する必要なんてないはずだ。

するとと葉山社長が小さく息をついてから、箸をテーブルに置いた。

「お前のせいだよ」

それだけ言うと、葉山社長は再び箸を手に取って、食事を続けた。

私のせいって、どういうこと？　葉山社長になにかしたかな？

「そういえばお前んちの食堂のメシ、食べてみたいな」

そう言って、葉山社長が味噌汁をすする。私はすぐに首を横に振った。

「ダメですよ。だって葉山社長はウチの商店街の敵なんですよ？」

「敵？」

「そうです。商店街を再開発しようとしていた会社の社長なんですからね」

「確かに」

敵かぁ、とつぶやいて葉山社長が笑う。

「葉山総合の社長だって分かった瞬間に、商店街から追い出されますよ」

「だったら名乗らなければいいだろ？」

「名乗らなくても、顔でバレますよね？」

葉山総合は、住人たちに説明会を開いている。それに葉山社長が出席していたら、バレないわけがない。

「いや、俺の顔ならたぶん知られてないと思うけど。再開発を担当しているのは副社長の叔父だから。叔父が部下と説明に行っただけで、俺は一度も行ったことがない。だから、葉山って名乗らなければ大丈夫だろ」

「ウチの親や商店街の人たちには、正体を隠しておくってことですか？」

「そう」

「それならよけいに連れていけません」

両親に嘘をついてまで、葉山社長を家の食堂に連れていく義理はない。そのあと何度も、葉山社長は私の家の食堂に行きたい、と言ってきたけれど、私は首を縦に振らなかった。頑なに拒み続けていると、葉山社長は「ケチだな」といじけたように言って口を閉じた。

だから、諦めたと思って安心していた。そう、私は葉山光臣という人の性格をすっかり忘れていたのだ。

二日後の金曜日。仕事から帰ってきて、いつものように食堂の入り口から中に入ろうとすると、扉に一枚の紙が貼られていた。

【都合により、本日の開店は十九時からとなります】

都合って、なにかあったのかな？

店の扉に鍵がかかっているので、仕方なく、私は家の玄関から中に入ることにした。玄関を開けると、居間のほうから母の賑やかな話し声が聞こえてくる。玄関のたたきには、男物の革靴が置いてある。

お客さんでも来ているのかな？　と思ってとりあえず居間に入ると、家には絶対来てほしくなかった人物の姿があって愕然《がくぜん》とする。

「よぉ、花さん！」

スーツ姿の葉山社長が、なぜか我が家の居間でくつろいでいた。

「あら花ちゃん、おかえり」

「おかえり、花」

両親が葉山社長と一緒にお茶をすすりながら、おせんべいを食べている。

これは夢？　幻？

「ほら、花さんもここに座って」

葉山社長が自分の隣の席を私にすすめてくる。今日、初めて来たばかりなのに、自分の家にいるかのような態度に、呆れてなにも言えなくなってしまった。

倒れ込むようにそこに腰をおろすと、父が黙ってお茶を淹れてくれた。それを私の前に置くと、葉山社長に視線を向ける。

「枝山《えだやま》くんもお茶のお代わりはどうかね？」

「はい。いただきます」

ん？　枝山って誰？　そう思って隣の葉山社長を見ると、彼はキレイなウインクをしてみせた。両親に偽名を使っているのだ。

「最近、花ちゃんの帰りが遅いから、もしかしたら彼氏でもできたんじゃないかってお父さんと話してたのよ。ね、お父さん？」

父が「ん？　ああ」と、短く返事をしながらお茶をすする。

「花ちゃんったら、こんな素敵な彼氏がいるのに、ずっと黙っているんだもの」

母の言葉に、葉山社長が軽く頭を下げる。

「すみませんお母さん、突然、押しかけてしまって。仕事で近くまで来たので、そういえば花さんのご実家が、この近くの商店街で食堂をされていると聞いたのを思い出して、つい立ち寄ってしまいました。ご迷惑でしたか?」

葉山社長は別人のようだった。普段よりも数倍、丁寧な話し方だし、見たことがないほど謙虚《けんきょ》な態度だし、それに「僕」って……呼び方まで変わっている。

「そんなことないわよ。花の彼氏に会えてうれしいわ。ね、お父さん?」

「ん? ああ」

母がニコニコと笑顔を浮かべている隣で、父は生返事をしてまたお茶をすすった。

「そういえば枝山さんは、お仕事はなにをされているの?」

母の質問にビクッとしてしまう私。どう答えるんだろう、と葉山社長をこっそり見ると、彼は笑顔で告げる。

「僕は花さんと同じ職場で、営業の仕事をしています」

「あら、それじゃあ花とは職場恋愛ってことね」

正直に社長と答えられるのも困るけど、同じ職場と言われても……。両親につかなくてもいい嘘がどんどん増えていくようで胸が痛い。

「でも営業って大変でしょ?」

「いえ、僕は人と話すことが好きですし、自分の仕事に誇りを持っているので、今のところ大変だとは思っていません。それに、もしつらいことがあっても花さんに癒《い》やしてもらっているので」

「やだぁ！　ラブラブじゃない。ね、お父さん？」

「ん？　あ……ああ」

母が頬に両手をそえて盛り上がっているのに対して、父はそうでもないようで、またお茶をすすろうとする。でも中身が入っていなかったようで、湯のみを静かにテーブルに置いた。

「花ちゃんったら、いい人見つけたわね」

違うよ。この人は彼氏じゃなくて……。

そう言いたかったけれど、真実を話すことはできなかった。

十九時前になると、両親は揃って席を外し、お店に向かった。葉山社長が家に来た時、お店はすでに開店していたけれど、まだお客は誰もいなかったので、一時的に閉めてわざわざ自宅に招き入れたらしい。それほどひとり娘の私の彼氏の登場が、両親には驚きだったし、うれしかったのだろう。

時間も時間なので『夕食を食べて行って』と母がすすめ、父が作ってくれた食事を居間に持ってきてくれた。ウチの食堂で一番人気の親子丼が、テーブルの上にふたつ置かれている。

「あなたって最低な人ですね」

まさかひとりで家に来るとは思わなかった。しかも両親に偽名を使ったり仕事を偽ったり、私の本物の彼氏のように振る舞ったり。怒りを通り越して呆れてしまう。

「家には連れていけないって、私、言いましたよね?」

その言葉は、葉山社長にはまったく響いていないようで、さっきから黙々と親子丼を食べ続けている。

「うまいな。花が作ってくれたのもうまかったけど、オヤジさんのはもっとうまい」

「当たり前じゃないですか。父の親子丼は世界一おいしいんですから」

お腹が空いていたので、私も親子丼を食べ始めた。

「これなら毎日でも食べに来たいな」

葉山社長がそんなことを言うので「それはやめてください」ときっぱり断った。おいしいと言ってもらえるのはありがたいけど、毎日来られたりしたら困ってしまう。

「お代わりある?」

「もう食べ終わったんですか?」

丼をのぞくと、そこには米粒ひとつ残っていなかった。差し出された丼を受け取り、お店の厨房へ行くと、父がすぐに二杯目の親子丼を作ってくれた。

「どうぞ」

出来立てを渡すと、葉山社長がうれしそうに両手を合わせる。

「いただきます」

ガツガツと食べ始めるその姿を見ていたら、腹立ちは薄れてきて、笑みがこぼれてくる。父の作った親子丼をおいしいと言ってもらえることは、本当にうれしい。それと同時に、小さいころの悔しかった記憶も蘇ってきて、

「あの子も葉山社長みたいに『おいしい』って言って食べてくれたらよかったのに」

思わずそうつぶやいていた。

「あの子？」

葉山社長がすぐに反応して食べる手を止めた。

「子供のころに、父の作った親子丼を『マズイ』と言った男の子がいたんです」

「へぇ。こんなにうまいのにな」

「ですよね。みんなおいしいって言うのに」

あの日のことは今でも忘れられない。

小学校に入ったばかりのころ、迷子になったことがある。その私に声をかけてくれ

て、家まで送り届けてくれた少し年上の男の子がいた。お礼に、ウチの食堂の親子丼をごちそうしてあげたら、『マズイ』と言われてしまって、それが悲しくて私は大泣きしたっけ。

その出来事をきっかけに、私は父から料理を習うようになったのだ。もしも、またあの男の子がウチの食堂に来ることがあれば、今度は私が親子丼を作って、絶対に『おいしい』と言わせたくて。

でも、その男の子の名前も知らないし、顔もほとんど覚えていないんだけど。

「今でも、思い出すと本当に悔しいです」

私は親子丼を口に入れてもぐもぐと食べた。

今日も父の親子丼はとてもおいしい。マズイわけがない。

そんな私を見ながら、葉山社長がふっと笑った。

「そのガキは、もしかしたら病んでいたのかもな。どんなものを食べてもおいしいと思えない〝ビョーキ〟ってやつ？」

葉山社長は、食べかけの親子丼をじっと見つめながら続けた。

「だからそのガキは、お前のオヤジさんの親子丼だけじゃなくて、ほかのなにを食べても『マズイ』しか言えなかったんじゃないのか」

「そんな病気、本当にあるんですか？」と尋ねると、葉山社長は「さぁな」と首を横に振った。

もしかして、適当に言った？　でも、もしそんな病気が本当にあるのだとしたら、その人はかわいそうだ。だって、ご飯をおいしく感じられないなんて……。

「つまり、俺がなにを言いたいのかというと、お前のオヤジさんの親子丼は、最高にうまいってこと。そういうことでお代わりちょうだい」

葉山社長が、また空になった丼を差し出してきたので、その話は終わりになった。


葉山社長は、結局、親子丼を三杯も食べた。すっかりお腹もいっぱいになっただろうし、そろそろ帰るだろうと思ったけれど、

「おやつとかない？」

と言ってくる始末。まだなにか食べたいらしい。人の家に来てやりたい放題。この人らしいというか……もう呆れてしまって、なにも言う気にならない。

「なにかあるか見てきます」

台所に向かうと、棚の上に箱が置かれている。深緑色のその箱は、見慣れたものだった。フタを開けると、丸くて白いなじみのお菓子が入っていた。

「陽太の家の豆大福だ」

買いにいったのかな? もらったのかな? 商品が余ると、よく家におすそ分けをくれるから、たぶんこれもそうだろう。

「おっ！　うまそうじゃん。もーらい」

いつの間にか葉山社長が台所に来ていた。私の背後から手を伸ばして、箱の中の豆大福をひとつ掴む。

「あっ！　ちょっと」

食べていいなんてひと言も言っていないのに、葉山社長は豆大福をぱくりとひと口で頬張った。

「うまいなコレ。もう一個、もーらい」

二個目もあっという間に食べてしまう。

「これどこのまんじゅう？」

「まんじゅうじゃなくて豆大福です。ウチの隣の、佐々木庵っていう和菓子屋の」

私もひとつ手に取って、口に入れる。もちもちとした生地の中に、甘いあんこがぎっしりとつまっている。

「おいしい」

変わらない味だった。その懐かしい味を噛みしめる。

小さいころ、陽太は家に遊びに来るたびに、いつも豆大福をおやつに持ってきてくれた。ウチには陽太専用の湯のみもあって、ふたりでお茶をすすりながら豆大福を食べたっけ。今思えば、なかなか渋い子供だったかもしれない。その時のことを思い出すと、自然と笑顔になった。

そして明日が、陽太が佐々木庵を継ぐ日だったことを思い出した。

陽太が作った豆大福、食べてみたいな……。でも、やっぱり会うのは気まずいから、明日は佐々木庵に行けないかもしれない。小さいころの約束を、陽太はきちんと覚えていてくれたのに、私はその約束を破ってしまいそう。

そんなことを思いながら豆大福を食べ終えると、ふと強い視線を感じた。

「なんですか？」

葉山社長がじっと私を見おろしている。

「お前、この豆大福になんかあるの？　なんか泣きそうな顔して食べてるから」

そう言われて、手で目もとを触って確認した。しんみりした気持ちになってしまったのは確かだけれど、よかった、涙は流れていない。

「なぁ、これ作ってるの隣の家って言ったよな？」

ふいに葉山社長に聞かれ「そうですけど……」とうなずく。

「俺、コレ買って帰ろうかな」

そう言うなり、葉山社長は台所を出て廊下を突き進んでいく。

「ちょっ……え？　待ってください。これからですか？」

慌ててそのあとを追いかけ、早くも玄関で靴を履いている葉山社長の腕を引っ張る。

「もうこんな時間なんだから、お店は閉まってますよ」

玄関に飾ってある時計を見ると、二十時を過ぎていた。佐々木庵はたしか十九時までだから、お店を閉めて一時間は経っていることになる。

「閉まってんなら、開けてもらえばいいだろ」

「そんな無茶な……」

でも、この人なら本当にやりそうで怖い。というか、そこまでするほど豆大福が気に入ったの？　それなら今度、私が買って葉山社長に届けるのに。

葉山社長が、私の手を振り払って玄関を飛び出していったので、慌ててあとをついていく。佐々木庵にはすぐ着いたけれど、やっぱりお店の明かりは消えている。

「すみませーん」

きっちりと閉められた扉を、葉山社長が手でドンドンと叩き始める。

「ちょっと葉山社長！　迷惑ですよ」と止めたけれど、まったく聞いてくれない。

「豆大福欲しいんですけど。開けてくださーい」

葉山社長は、大きな声で「すみませーん」と叫びながら扉を叩き続ける。

ああああ、もうっ！　本当に迷惑だって！

「やめてくださいっ」

葉山社長を力ずくで止めようと、その腕にギュッとしがみついた時だった。

「花……？」

ガラガラと扉が開けられ、姿を見せたのは大好きな幼馴染だった。私を見て小さな目をパチパチとさせている。

「えっと……、久しぶり」

そう声をかけられて「久しぶり……」と、私も小さく返した。

まともに顔を見たのは二年ぶりだった。ぎこちなさが漂っているのは、気のせいじゃないはず。初めて会った人同士のようなよそよそしさで、居心地が悪い。

「花、その人は？」

陽太の視線は、私の隣にいる葉山社長へゆっくりと向けられた。その瞬間、私は今の状況を思い出し、葉山社長の腕にしがみついていた手をパッと離した。

「こんな時間にどうしたの？」

陽太は、私と葉山社長を交互に見た。すると、葉山社長は相変わらず、物おじしない口調で告げる。

「おたくで作ってる大福、欲しいんだけど」

「大福ですか？」

男性にしては小柄な陽太が、長身の葉山社長を見上げるような形になっている。なぜかそのままふたりとも無言になっているので、私は間に割って入るようにして、陽太に向かい合った。

「あのね、この人が佐々木庵の豆大福を気に入ったみたいで、買って帰りたいんだって。お店が閉まっているからって止めたんだけど、どうしても欲しいみたいで」

そう説明すると、陽太は笑顔でうなずいてくれた。

「そっか。うん、いいよ。ちょっと待ってて」

お店の奥にいったん消えて、少ししてまた戻ってきた。その手には長方形をした深緑色の箱がある。それを『佐々木庵』という店名の入った紙袋に入れると、葉山社長に手渡した。

「どうぞ。ウチの名物の豆大福です」

「サンキュー」

葉山社長が上機嫌でそれを受け取る。

「いくら？　あっ、でも俺、今日カードしか持ってないんだけど」

ポケットから取り出した財布には、ずらりと並んだカード……。ここは私が現金で払ったほうがよさそう。そう思ったけれど、葉山社長の後を追って慌てて家を飛び出したせいで、財布を持っていない。

「すぐに家からお金持ってくるから、待ってて」

そう言って走りだそうとすると、陽太が呼び止める。

「待って花。お金はいらない」

「でも」

「俺と花の仲だろ？　お金なんてもらえないよ」

笑うと細くて小さな目はなくなってしまう。久しぶりに見た陽太の懐かしい笑顔に、私はなにも言えなくなってしまった。

「うん。ありがとう」

するとまた陽太の視線がすっと葉山社長へ向けられて、再び私に戻ってくる。

「花、本当に彼氏いたんだ」

「えっ？」

私は隣にいる葉山社長を見た。どうやら陽太は、葉山社長を私の彼氏だと勘違いしているらしい。陽太が微笑みながら続ける。

「てっきり嘘だと思っていたんだ。あの時、俺をフるための口実に、花が『彼氏がいる』って言ったんだと思ってたから」

「陽太……」

陽太から告白された時、私は確かに彼氏がいる、と嘘をついた。それなら陽太の告白を断っても、彼を傷つけずにすむと思ったから。

「でも嘘じゃなかったんだな。……俺さ、花もずっと俺のこと好きだと思ってたんだ。だから、告白したら絶対にオーケーがもらえると思っていたけど、やっぱりそれは俺のうぬぼれだったんだよな」

『花も俺のこと好きだと思っていた』という言葉が頭にガツンと響いた。

うぬぼれじゃない。そのとおりだよ。私もずっと陽太が好きだった。それなのに、陽太からの告白に応えることができなかった。

「ごめんね」

いったいなにに謝っているのか分からないけど、気が付けばそう言葉にしていた。

そんな私を見て陽太が困ったような顔をした。

「俺のほうこそごめん。二年前の告白を蒸し返して。今さらだよな。花にとって俺は、やっぱりただの幼馴染だった。それなのに告白なんてしちゃったから、会いづらくなっちゃって。花とはもう元には戻れないのかと思ってた」

私もそう思っていた。陽太の告白を断った日、もう幼馴染には戻れないと覚悟した。どんな顔で会ったらいいのか分からないまま、気がつけば二年も経っていて……。

「おい。お前ら俺のこと忘れてない？　なんか完全に空気になってて寂しいんだけど」

葉山社長の声にハッとする。そうだ。陽太のことしか見えていなかったけど、葉山社長もいたんだっけ。

「ごめんなさい」

「別にいーけど」

不機嫌そうにそう言った葉山社長の腕が突然、私の肩に回された。

「君たちの関係はなんだかよく分からないけど、花は今、俺のものだから渡さないよ、陽太くん」

腕に力が込められ、ぐいっと身体を引き寄せられる。すると陽太が微笑みながら口を開く。

「大丈夫ですよ。俺は花のただの幼馴染です。それに俺、もうすぐ結婚するんで」

「えっ?」

驚いて声を出したのは私だった。

「あれ? 花、知らなかったの? 優子からなにも聞いてない?」

陽太がキョトンとした顔をする。

「う、うん」

今、初めて聞いた。陽太と優子が結婚するなんて。

「おかしいな。優子のやつ、花には自分で報告したいって言ってたのに」

陽太はひとり言のようにつぶやき、私を見た。

「この前、ジョージさんのとこで優子と会わなかった?」

そう言われて思い出した。優子から《話がある》と電話で呼び出されたのに、商店街の再開発の話だけで終わってしまって、肝心の話を聞くことができなかった。

もしかして、あの時、優子が話したかったことって……。

「てっきり、俺と結婚することを話したと思ってたんだけど」

陽太が困ったように髪の毛をわしゃわしゃとかく。その様子を私は呆然と眺めていた。陽太と優子が付き合っていることは知っていた。だから、いつかはこういう日が来ると思っていたけど。

「そっか。おめでとう陽太」

私は心からそう言えているかな。笑顔は作っているけれど、きちんと笑えているか分からない。

「言っておくけど、あの日、花にフラれたから優子と付き合って結婚するわけじゃないからな。俺が自分で決めたことだから」

「うん。分かってる」

「あの日まで本当に花が好きだったけど、でも、今は優子が好きだから」

「うん」

あ、やばい。もう笑顔が限界だ。

目がじんじんと熱くなる。鼻をすすってごまかして、こぼれそうな涙をひっこめた。

「だから、花も幸せになってくれたらうれしい」

陽太はそう言うと、葉山社長へ視線を向けた。

「花のことよろしくお願いします」

頭を下げる陽太を見て、私はまた泣きそうになってしまう。

ごめんね、陽太。その人は私の本当の彼氏じゃないんだよ。

だますことはよくないけど、でも本当のことも言えなかった。今だけはその嘘に乗っていたかった。二年前のあの日、陽太についた嘘を嘘じゃなくすために。

「おう、任せとけ」

本当の彼氏ではないのに葉山社長がそう言うと、陽太が安心したように笑った。

「それじゃあ俺はこれで」

陽太はもう一度頭を下げると、いったん私たちに背を向けた。しかし店の扉に手をかけると、ゆっくりと振り返った。

「花。明日、待ってるから」

約束だぞ、と微笑んでから、陽太は店の中へ入っていった。

「愛されてみれば？」

　商店街の入口にある森堂公園は、私たち三人のいつもの遊び場だった。ふたつしかないブランコに三人でよく順番に乗っていた。じゃんけんで勝ったふたりが乗って、負けたひとりが背中を押してブランコを漕《こ》ぐ。そのじゃんけんに、なぜか私だけ負けることが多くて、見兼ねた優子が、勝ったはずなのにブランコをよく譲ってくれた。優子が譲ると陽太も譲ってくれて、私ひとりがブランコに乗り、その背中を陽太と優子が押して、大きく漕いでくれたりしたっけ……。

　その思い出のブランコに、私は今、葉山社長とふたりで並んで座っている。

「ありがとうございました」と葉山社長に言うと、「なにが？」と葉山社長が聞き返す。

　葉山社長は、地面に足をつけて、ゆらゆらとブランコを漕いでる。子供用のブランコに長身の葉山社長が座っているのは、かなり違和感があった。長い脚を折り曲げて窮屈そうな姿が、少しおかしい。

「陽太の前で、本当の恋人みたいに振る舞ってくれたことです」

　ブランコのくさりをギュッと握りしめて、私は視線を落とした。

「ずっと陽太についていた嘘が、あの時だけ嘘じゃなくなりました」

陽太に『彼氏がいるから付き合えない』と私は嘘をついた。でも今日、陽太が葉山社長のことを私の彼氏だと思い込んでくれて、嘘をついているという罪悪感がかなり薄れた気がした。とても自分勝手かもしれないけれど。

「少しだけスッキリしました」

ふぅ、と息をはいて空を見上げる。星のない真っ暗な空に、ぽっかりと月だけが浮かんでいた。

あのあと、なんだかすぐ家に戻りたくなくて、森堂公園へ足を向けた。葉山社長も私のあとをついてきて、こうしてふたりでブランコに座っている。

「アイツがお前の好きな幼馴染か」

いつの間に箱のフタを開けたのか、葉山社長は豆大福をひと口かじり、もぐもぐと口を動かしながら話しかけてくる。

「お前たちの間になにがあったのか聞いてもいい？」

葉山社長がふたつめの豆大福を頬張る。私はしばらく黙っていたけれど、今は誰かに話を聞いてほしい気分だった。

ずっと自分の中で隠していた本当の気持ちを知ってほしかった。

＊＊＊

陽太を好きだと思い始めたのがいつだったのか、ハッキリとは思い出せないけれど、おそらく小学校に上がる前からだったと思う。でも、大人になってその想いがはっきりしても、陽太には告げることができなかった。

一生、片想いでいい、そう思っていた。それなのに、二年前、私は陽太から突然、告白された。陽太の家に遊びにいっていて、ふたりで豆大福を食べている時だった。たわいもない話をしていたはずだったのに、その流れは急に変わった。

『花は、いつもウチの豆大福をおいしそうに食べるよな』

陽太のその言葉に、私はすぐにうなずいた。私の一番好きな食べ物は父の手料理で、二番目が佐々木庵の豆大福なのだから。

『なぁ、花。……俺と一緒に豆大福作らない？』

なにを言っているのかすぐ理解できずに、口をもぐもぐさせているだけの私に向かって、陽太は続けた。

『俺、ずっと花が好きだった。だから一緒に佐々木庵を継いでほしいんだ。……その、つまり、結婚してほしいってこと』

プロポーズのようなその言葉を聞いて、私は口に入れていた豆大福が喉《のど》に詰まりそうになり、ひどくむせた。そんな私を見て、陽太が慌てて付け足す。

『あ、もちろん今すぐじゃないから。順番が変わっちゃったけど、きちんと付き合って恋人になったあとからだから。だから、まずは俺と付き合わない？』

驚いた。頭の中を整理するのに少しだけ時間がかかった。でも、改めて陽太の言葉を理解すると、じわじわとうれしさが込み上げてきた。

私の気持ちも陽太と同じだ。

本当はすぐにでも返事をしたかった。でも、まさかの出来事に激しく動揺《どうよう》していて、言葉が出てこなかった。そんな私に、陽太はいつもの笑顔で『一週間考えてみて』と言った。

＊　＊　＊

「陽太から告白をされた時、ずっと私の片想いだと思っていたのに、陽太も私のことが好きだったなんて信じられなくて、驚きました。けどすごくうれしかった」

ゆっくりと過去のことを話し始めた私の隣で、葉山社長が缶コーヒーのフタを開ける音が聞こえた。豆大福を食べていたら、飲み物が欲しくなったらしく、公園にある自動販売機で買ったものだ。

「うれしかったのに、どうしてフッたんだよ？」

葉山社長が、缶コーヒーに口をつけるのを横目で見ながら、私は言った。

「好きだって気持ちがあっても、伝えられない時もあるんですよ」

葉山社長が私にも買ってくれた缶コーヒーを、両手でギュッと握りしめた。

「私には陽太のほかに、もうひとり幼馴染がいるんです」

「もしかして優子ってヤツ？」

さっきの陽太との会話の中で名前が出たから、気がついたのだろう。

「そのふたり、結婚するんだろ？　よく分からないけど、陽太はお前のことが好きだった。で、お前も陽太が好きだった。それなのに、どうして優子ってヤツが陽太と結婚するわけ？」

「複雑ですよね」

ふふ、と思わず笑みがでてしまった。

私たちの関係がトライアングルだと知ったのは、陽太に返事をする約束をした日の、前日のことだった。

「優子も陽太のことが好きだったんです」

それは、優子のお母さんのお葬式が行われた次の日でもあった。母親を亡くして落ち込んでいた優子は、滅多《めった》に見せたことがない涙をこぼしながら、私に打ち明けた。

『私、陽太のことが好きなんだ。今は陽太にそばにいてほしい……』

小さいころお父さんを亡くし、そしてお母さんまで亡くしてしまった優子。五つ年上のお兄さんがいるけれど、既に奥さんも子供もいて新しい家庭を築いている。私は優子がひとりぼっちになってしまったような気がして、とても心配になった。

「優子の気持ちを知った時、急に自分の中で陽太への想いがしぼんでいきました。うん、好きだって気持ちは変わらなかったけど、陽太と私が付き合ったら、優子が傷つくと思ったんです。本当に優子がひとりぼっちになってしまうって」

「だからお前は身を引いたってわけか」

「はい」

＊　＊　＊

翌日、ちょうど陽太から告白をされた一週間後、

『付き合っている人がいるから陽太とは付き合えない』

そんな嘘をついて、私は陽太をフッた。

『だから、陽太は私じゃなくて優子の側にいてあげて』

そう言うと、陽太は私から目をそらし、なにも言わずに背中を向けてその場を去ってしまった。

あの時の私は、優子を傷つけたくないという思いだけにとらわれて、陽太のことが見えていなかった。今思えば、私は陽太を深く傷つけてしまったのだろう。

それからしばらくして、ふたりが付き合い始めたことを知った。優子は、通訳になる夢を諦め、実家の花屋でお兄さん夫婦と一緒に働きながら、陽太の家にも通って一緒に和菓子作りの勉強もしていると、楽しそうに私に話してくれた。

優子には、私も陽太が好きだということも、陽太から告白をされたことも話してはいない。だから、それからも普通に会うことができたし、優子が幸せそうで、私もうれしかった。

でも、陽太とは気まずくて、まともに顔を見ることも話をすることもできなくなり、気がつけば二年が経っていた——。

＊　＊　＊

「すみません。長々と話してしまって」

葉山社長にすべてを話し終えると、私は鼻をすすった。目に浮かんだ涙を拭こうと、白いブラウスの袖でごしごしとこすったので、黒いマスカラが付いてしまった。

陽太のことを想って泣くのは、今日が最後にしよう。もう陽太への想いは消してしまおう。箱にしまって大事にフタをしておいたけど、そのフタを開けて、中身を全部出してしまおう。

「いや、教えてくれって言ったのは俺だし」

葉山社長は首を大きく後ろにそらせて、缶コーヒーを飲みほした。缶を近くにあるゴミ箱に向かって投げる。キレイな弧を描いて飛んでいった缶は、見事にゴミ箱へとおさまった。

「しかし、お前は損な性格してるよな」

ぼそっと葉山社長が言った。

「幼馴染に好きなヤツを譲ったり、商店街のために俺の女になったり、どうしてそこまで他人を優先できるのか、俺には分からないな」

そんなつもりはなかった。優子には幸せになってほしいと思ったし、商店街は守りたいと思った、ただそれだけのことだ。

　損な性格だなんて思ったこともないけれど、そういえば、同じようなことを優子にも言われたっけ。ジョージさんの喫茶店で、優子は私のそんな性格が嫌いだったと言っていた。そして『そんな私の性格に付け込んでしまった自分がもっと嫌いだ』と言っていたけれど、あれはどういう意味だったんだろう……。

　あの時、優子は、私に陽太との結婚を報告したかったのだろう。でも、それを優子の口から聞くことができなかった。

　明日会ったら、しっかりとおめでとうと言おう。きちんとふたりをお祝いできるように、陽太への長い恋は今日で終わらせよう。だから、今だけ泣いてもいいよね……。

　スカートのポケットを探るけれど、こんな時に限ってハンカチが入っていなかった。仕方がないので、目からあふれる涙を、ブラウスの袖で必死にぬぐう。マスカラが落ちて白いブラウスがどんどん汚れていく。それでも涙は止まらず頬をつたって落ちる。声を出さず、ときどき鼻をすすりながら、私はひっそりと泣き続けた。

「ったく」

　そう言うと、葉山社長は、おもむろにブランコから立ち上がり、私の前に来て二の腕を強く掴んだ。そのままグイッと身体を引っ張りあげられ、無理やり立たされる。

「葉山社長？」

私の身体は、葉山社長に抱きしめられていた。思わずその広い背中に手を回して葉山社長にしがみつくと、私を抱きしめる葉山社長の腕にも力がこもった。

「だから、俺の前で泣くなって言っただろ」

イラ立ちすら感じる強い口調だった。顔を上げて葉山社長を見ると、ぱちりと視線がぶつかった。その長い指が私の目に触れ、たまった涙をそっとぬぐってくれる。

「葉山社長……うわっ」

名前を呼んだ時だった。

目もとにあった葉山社長の手が突然、後頭部に移動したかと思うと、顔を思いきり胸に押しつけられる。

「お前が泣いてると、あの時みたいに、また、俺が泣かせたと思っちまうんだ。だから、俺はお前の涙に弱い。俺の前で泣いてほしくない。それでも泣くなら、その涙を止めてやりたい」

これは私に向けられている言葉じゃない。葉山社長がこんなことを言うのは、私が忘れられない女性に似ているから。私自身を慰めてくれているわけじゃない。

それなのに、どうしてだろう？　まるで〝私〟に向かって言っているように聞こえてしまう……。

葉山社長の声は真剣で、いつものようにからかわれているようには思えなかった。そして私を抱きしめる腕によりいっそう力がこもった。

「なぁ、花」と低い声が私の名前を呼ぶ。

「ずっと誰かを愛してきたなら、今度は俺に愛されてみれば？」

「えっ……」

耳もとでそうささやかれた瞬間、ドキッと胸が高鳴った。どうしてそんな言葉をかけてくれるんだろう。

葉山社長のマンションでロールキャベツを作った日も、同じような甘いセリフを言われた。でも、その時のように『なーんてな、冗談だよ』とあとで言われると思っていたのに、聞こえてこない。

『冗談だよ』そう言ってもらわないと困る。でも、さっきの言葉がもし本気だったら、私はどう返したらいいいんだろう……。

そんなことを考えていると、葉山社長は手を私の頭にのせ、そのまま髪の毛がくしゃくしゃになるまで撫でまわした。

「つらい恋が終わったら、誰かとまた幸せな恋でもしろよ」

そう言って今度は明るく笑った。

なんとなくその〝誰か〟に、葉山社長は自分自身を含めていないような気がした。


「花！　来てくれてありがとう」

翌日の土曜日。開店したばかりの佐々木庵へ、私は一番に足を踏み入れた。

「豆大福ください」

笑顔でそう言うと、朝一番の出来立てを陽太が持ってきてくれた。

今日は、陽太が佐々木庵を継ぐ日だ。陽太が作った豆大福を食べてみると、陽太のお父さんが作るそれと、味も食感もまったく同じだった。ここ何年も修行をして、陽太は『佐々木庵の豆大福』の味を習得したのだろう。

「花、唇に粉がついてる」

陽太に言われて手の甲で口もとをぬぐうと、豆大福の白い粉がついている。

「小さいころと変わらないなぁ、花は。いつも唇にたくさん粉つけながら、ウチの豆大福を食べてたよな」

「そ、そうだったかな」

照れたように笑うと、そんな私を見て陽太も笑った。

二年間、他人のように過ごしていたけれど、その空白なんてすぐに埋められる。うん、埋めるんじゃない。前のような幼馴染には、もう戻れないかもしれない。でも、だったら新しい関係を築いていけばいい。

二年間も陽太のことが忘れられず悩んでいたのに、昨日、少しの間だけしっかりと顔を見て言葉を交わしただけで、その想いがスッキリしたのが意外だった。

気まずいとか思わないで、もっと早くこうして陽太と話していればよかった……なんて後悔しても、時間は元には戻らない。前に進もう。

長かった私の初恋がようやく終わった、そんな気がした。


佐々木庵を出たその足ですぐに向かったのは、優子の実家の桐原生花店だった。午後にレインカバーで会う約束をしているけれど。優子が私に話したいことは分かっていたから、すぐにでも会いたかったのだ。

そして私たちは、森堂公園へとやって来た。

結婚が決まったことを陽太から聞いたことを話して「おめでとう」と言うと、優子は複雑な表情をした。

「花。ごめんね」

そして、頭を下げる。

「ずっと花に謝りたかった。陽太への想いを花に打ち明けた時の私、お母さんを亡《な》くしたばかりで、気持ちがいっぱいいっぱいだった。花のことを考えられなかった。花も陽太のことが好きなこと、本当はずっと知ってた」

「えっ……」

私の陽太への気持ちは、話したことがなかったのに気づいてたんだ。

「私が陽太のことを好きだって言えば、花の性格なら、きっと私に陽太を譲ってくれるって思って、わざと打ち明けたんだ。最低だよね」

優子の表情が苦しそうに歪む。

そっか。だから優子は、ジョージさんの喫茶店であんなことを言ったんだ。私の性格に付け込んだ自分が嫌いだって。

「最低なんかじゃないよ」

そう言って、私は優子の身体をそっと抱きしめた。ごめんね、と優子は何度も私に謝るけれど、私は謝ってほしいわけじゃない。

「私は優子に幸せになってほしいと思ってる。本当だよ？」

「花……」

それからしばらく、私たちはふたりで抱き合って泣いた。

陽太と今までどおりの幼馴染には戻れないように、優子との間にも、少しわだかまりができてしまったかもしれない。それでも私は、陽太と優子と、これからもこの森堂商店街でずっと一緒にいられたらいいなと思っていた。

第四章　恋の予感

「お前が心配だから」


温かな日差しが降り注ぐ日曜日の午後。私は、あるカフェにいた。

西洋のお城のような白亜のその建物は、主に結婚式場として使われているが、中にあるカフェは一般の人も利用できる。赤い屋根の下のテラス席に木製のテーブルが並べられており、街の様子を眺めながらお茶をすることができるのだった。

「わぁ！　夢みたいです。一回来てみたかったんですよ、ここ」

憧れだったカフェに、気分が高揚し、きょろきょろと辺りを見渡している私に、葉山社長がすかさず言った。

「来たかったのに、どうして今まで来なかったんだよ」

「そ、それは……私にこのカフェは敷居が高いというか」

その豪華な造りに、これまで入店をためらっていた。でも『今日は行きたいところに連れていってやるよ』と葉山社長が言ってくれたので、私は迷わずこのカフェを選んだ。葉山社長と一緒なら、堂々と入れるような気がしたからだ。

休日のこの時間帯はいつも満席で、並ばないと入れないらしいけど、到着するとすんなりと席に通された。どうやらここのオーナーと葉山社長が知り合いらしく、連絡するると席を取っておいてくれたらしい。葉山社長……どれだけ顔が広いのだろう。

「お待たせしました。当店オリジナルのパフェになります」

上品でかわいらしい制服を着た女性店員が、運んできたパフェをテーブルに置いた。

「ごゆっくりどうぞ」

歳は私と同じか少し下くらいか。くりくりとした大きな目が印象的な美人だ。その店員が、ちらっと葉山社長に視線を向けたのが分かった。

そういえばオーダーを取りに来た時も、頼んだアイスコーヒーとアイスティーを持ってきてくれた時も、この女性店員は葉山社長のことをちらちらと見ていたっけ。

葉山社長って、やっぱりモテる人なんだなぁ……。

改めてそう思った。

取引があるからこうして一緒にいるけれど、それがなかったら私とは縁のない人、不釣り合いな人なんだよね。

そんなことを思ったら、なんとなく気持ちが沈んでしまった。気を取り直そうと、パフェに添えられた細長いスプーンを手に取る。

せっかく来た憧れのカフェ、しかもオープンテラスの特等席。今は楽しまなくちゃ。

目の前の背の高いグラスを眺める。中にはたっぷりとクリームが敷きつめられ、上には大きくカットされた果物、アイスクリームとプリンが乗っている。そのボリュームに、ひとりで食べきれるのかちょっと心配になってしまうけれど……うん、大丈夫。せっかくだから食べる。

「おいしそう。どこから食べようかなぁ」

メロンにイチゴにバナナにパイナップル、みかんにサクランボ。たくさんのフルーツがこれでもかというほど大量に乗っている。なんて豪華なんだろう。

なにから食べようか目移りしていると、

「あっ！」

前から伸びてきた手がひょいとメロンをつまみ、そしてそのままさらわれてしまった。メロンは葉山社長の口の中におさまった。

「おっ、甘くてうまいな」

「なにするんですかっ！　メロンひとつしかないのに。ああ〜、私のメロンが」

「まだほかにもフルーツあるだろ。メロンごときでぎゃんぎゃん吠えるな」

葉山社長は手についてしまったクリームを舐《な》めながら、面倒くさそうに私を見る。

その態度に、思わず頬がぷくーっと膨れてしまう。

そんな私を葉山社長はおもしろそうに見ている。

「ほら早く食べろ。ぼやぼやしてるとパイナップル奪うぞ」

「ダメです！」

早く食べないと取られてしまう。細長いスプーンを生クリームの中に沈めていく。口へ運ぶと、生クリームの甘さが広がり、幸せな気持ちになる。

オシャレなカフェで過ごす日曜日の午後。少し前の自分なら想像もできなかった休日の過ごし方だ。

季節は初夏を迎えようとしていた。私たちの関係は変わりなくて、平日の仕事終わりには、私が葉山社長のマンションへ食事を作りにいく。最近ではたまに、葉山社長もキッチンに立ち、一緒に料理をするようにもなった。もともと料理はしていたと言うし、有名料理研究家の息子だけあって、葉山社長の腕前はさすがだった。

でもふと思うことがある。いつまでこの取引が続くのだろう、と。

パフェを食べすすめながら、ちらっと視線を向けると、葉山社長は、イスの肘《ひじ》掛けに肘をつき頬杖をついて、すぐ隣の歩道を眺めている。

穏やかに吹く風が、彼の黒髪をさらりと揺らす。

平日はきっちりとしたスーツ姿だけど、今日は私服で、淡いブルーに白のストライプが入ったシャツに白のパンツを着ている。ふんわりと香る香水も、普段使っているものと違う気がする。見慣れていない私服のせいか、オシャレなカフェの雰囲気のせいか、目の前の葉山社長は、いつもと違う人のように感じた。

でも、さっきから葉山社長はなにを熱心に見ているのだろう？　その視線の先を追ってみると、

「アリサのヤツ、ちょっと見ない間にずいぶんかわいくなってんな。俺に恋してひと皮むけたか？」

そうつぶやいた。見ると、向かいの建物のエントランスで雑誌かなにかの撮影が行われているようだった。最近テレビでもよく見かけるハーフのモデルが、カメラに向かって次々とポーズを決めている。

葉山社長と過去に関係のあった女性なのだろう。ああいう美人こそ、葉山社長の隣にいるのがふさわしい。私じゃなくて……。

「おい、花。どうした？」

撮影風景をぼんやり眺めていたら、葉山社長の声がした。

「なんでもありません」

そう答えて再びパフェを食べ始めたけれど、やはり気になることがあり、その手を

止め、聞いてみた。

「葉山社長は、今まで何人の女性とお付き合いしたことがあるんですか」

「何人って……さぁな、いちいち数えたことない」

つまり数えきれないほどたくさんってことか。そんな質問をした私がバカだった、とため息が出た。

葉山社長にとって、女性と付き合うことは、まるで息をするように自然なことなんだろう。だからあの時だって……。

『今度は俺に愛されてみれば？』という言葉にきっと深い意味なんてなかったんだろう。それなのに、葉山社長にかけられた言葉が耳から離れない。本気じゃないって分かっているのに。

陽太への片想いの恋しか知らない私にとって、葉山社長がかけてくれた言葉は深く胸の中に染み渡った。片想いじゃなくて、私も両想いの恋がしたいと思った。

「わぁ！　すごくキレイ」

眼下に広がる東京の街に、思わず歓声が漏れた。夜景も素敵だけれど、明るい昼間の様子を眺めるのもまたいい。

カフェを出た私たちは、葉山社長の運転する車で移動して、とある高層ビルの上にある展望台へと来ていた。

「その反応、前にもどこかで見たな。ああそうだ。初めて俺の家に来た時だ」

そういえばあの時も、私は葉山社長の高層マンションの部屋から見える夕暮れの景色に、思わず見とれてしまったっけ。

もうずいぶん前のことみたいだ。あの時は取引のことを深く後悔していたけれど、今はなぜだかその気持ちが消えていた。

「あっ！　あれ、葉山総合の本社ビルですよね？　ほら、あそこにあるの」

高層ビルが立ち並ぶ中にその建物を見つけた。一見、ほかのビルとそう違いはないから、自分でもどうしてすぐに見つけられたのか分からない。

「ん？　どこだ？」

葉山社長ですら自分の会社のビルを発見できていないのに。

「ほら、あっちの方角にあるあの建物です」

一生懸命、ビルのある方向を指さす。すると、私の後ろに立っていた葉山社長の腕が伸びてきて、私の顔の横を通ってガラス窓にトンと手をついた。まるで後ろから私の身体を包むような状態で……。

「お前、よく見つけたな」

耳もとで聞こえた声に、ドキンと心臓が鳴った。葉山社長の顔が私のすぐ隣にある。振り向くと、鼻と鼻がぶつかりそうな、そんな距離だった。

「あっ、あったあった。あれか」

そんな葉山社長の声を聞くだけで、いちいち心臓がドキドキとうるさく鳴る。それを悟られないように、私はひたすら前だけを見つめていた。

「お前の商店街は、ここからだと見えないか」

「そうですね。ここから距離もけっこうあるし、小さい商店街だから、ビルに埋もれて見えませんよ」

その体勢のまま、しばらく東京の街をふたりで眺める。

小さいころ、祖父から昔の森堂商店街の写真を見せてもらったことがある。その白黒写真には、まわりに大きな建物なんてひとつもなく、今の様子からは想像できないほどたくさんの人で賑わっていた商店街が写っていた。

今でも賑わっている商店街がある一方で、森堂商店街のように忘れられつつある商店街もある。またその土地を利用して新たな商業施設を作ろうとしたのが葉山総合だ。

そして今、私と一緒にいるこの人が、その会社の社長なんだ……。

ちらっと視線を葉山社長に移すと、彼も私のことを見ていたようで、視線ががっつりとぶつかった。その視線を先にそらしたのは葉山社長のほうだった。

「そろそろ帰るか」

そう言って、ガラス窓に突いていた手を離すと、葉山社長は私から離れた。


「だから、その件なら白紙に戻すって言っただろ。国内にはもう必要ないんだ。一度は納得してたのに、また蒸し返してきたのか？」

スマホを持つ手とは逆の手の人差し指で、葉山社長はイラ立つようにトントンとハンドルを叩いている。眉間にシワを寄せたその表情も、明らかに機嫌が悪そうだった。さっきから電話の向こうの相手に怒鳴るようにしゃべっている。

「ああ、分かった。とにかくすぐに行くから俺が着くまでなにもするなよ、佐上」

電話の相手は秘書の佐上さんのようだ。

プツンと電話を切ると、葉山社長はスマホを後部座席に投げつけた。それから助手席に座る私のほうを見る。

「悪い。用事ができた。今からすぐに本社に行かないといけない」

「分かりました。ひとりで帰れるので大丈夫です」

展望台を出たあと、葉山社長の運転する車は、私の家の方角に向かっていた。けれど、途中で電話が入ったので、道路脇に車を止めて通話していたのだ。

「悪いな。家まで送れなくて。これでタクシーでも拾って帰れ」

いつかみたいに財布からお金を渡されたので、私は首を横に振る。

「いえ、大丈夫です。ここからなら電車で帰れるので」

「いいから受け取れ」

無理やり手にお金を握らされてしまう。

「電車で帰るにしても金がいるだろ」

それにしても、このお金は多すぎる。けれど今は押し問答をしている場合ではなさそうだった。さっきの電話の雰囲気からすると、仕事でなにかトラブルがあって、すぐにでも会社に戻らないといけないはず。ここで足止めさせちゃいけない。

「それじゃあ受け取ります」

「ああ。気をつけて帰れよ」

「はい。今日はありがとうございました」

そう言って車から降りようとしたその時、私のカバンの中でスマホが振動していることに気がついた。取り出して画面を見ると、公衆電話からかかってきている。

なんだろう……？

とりあえず車から降りて電話に出よう。そう思ったのだけれど、

「出れば？」

葉山社長にそう言われてしまう。

「早く出ないと切れるぞ。ほら」と、促されたので電話に出ることにした。

「もしもし」

《——花か？》

それは父からだった。

どうして公衆電話からかけてきているんだろう？　父だって携帯電話を持っているのに。

《いいか、花。落ち着いて聞きなさい》

いつもの穏やかな父のしゃべり方とは違い、どこか焦っているようだった。妙な胸騒ぎがした。

「どうしたの？」

《あのな……母さんが、母さんがな》

「お母さん？　お母さんがどうかしたの？」

震える父の声を聞いて、スマホを握る手に自然と力が入ってしまう。

《母さんが……倒れたんだ》

「えっ？」

《突然、家で倒れてそのまま動かなくて。救急車で運ばれた。今は、病院にいる》

電話の向こうで父がすすり泣く声が聞こえた。

ドクドクと心臓が打ち始めて、でも冷静にならないと、と思い言葉をしぼり出す。

「どこの病院？　すぐに私も行くから」

父から病院名を聞くと電話を切った。ふっと全身から力が抜けて、スマホが手から滑り落ちる。そのまましばらくなにも考えることができなかった。

お母さんが倒れた。今朝は笑顔で送り出してくれたのに、どうして……。

「花？……おい、花。お母さんになにかあったのか？」

葉山社長に肩をゆすられてハッと我に返る。

「そうだ。病院、行かないと」

車を降りようとした私の手を葉山社長が引き留める。

「待て。どこの病院だ」

震える声で病院名を告げると、葉山社長がハンドルを握って言った。

「そこならここから近い。車で十分もあれば着く。俺も一緒に行くから乗っていけ」

「でも……」

葉山社長には急ぎの仕事があるはず。会社に戻らなくていいの？

すると、私が心配していることに気づいたのか、葉山社長が右手をそっと私の頭に乗せた。

「大丈夫だ。それよりも今はお前が心配だから」

私の頭を撫でると、葉山社長は再びハンドルを握った。

「今の俺の一番は……」


「それで、これはどういうこと？」

腰に手をあて、仁王立ちのポーズを取る私を両親が申し訳なさそうに見る。

「お父さん、きちんと説明して」

怒ったようにそう言うと、父は頭の後ろに手をあてながら「すまん」と小声で謝った。すると母が、父をかばうように口を開く。

「まぁまぁ花ちゃん。あんまりお父さんを責めないであげて。お父さんも気が動転してたのよ」

「お母さんは黙ってて」

白いシーツがかかったベッドに上体を起こして座っている母の右足には、ギプスがはめられている。

「お父さんが紛《まぎ》らわしい言い方するから。私、てっきりお母さんの一大事だと思って跳んできたのに、ただの骨折じゃない」

「骨折だって一大事だろ」

ポンと私の肩に手を乗せてなだめるように言った葉山社長が、一歩前に出て母を心配そうに見つめる。

「足はまだ痛みますか？」

「痛みは今はないんだけど、しばらくは歩けそうにないわね」

「それは大変だ」

「ごめんなさいね。枝山さんにまで心配かけてしまって」

「いえ、僕は構いません」

その言葉で思い出した。葉山社長は急いで会社に戻らないといけないはずだったのに、私を車で病院まで送ってくれたんだった。

「時間、大丈夫ですか？」

そう声をかけると、葉山社長は「大丈夫」と笑顔で返してくれた。

父からの電話のあと、私は葉山社長の車で慌てて病院に来た。母が倒れて病院に運ばれたという父の言葉と緊迫した様子に、てっきり命に関わることだと思っていた。だから看護師さんに案内された部屋で、ベッドに座る母とパイプイスに腰掛ける父が笑いながら話をしているのを見た時は、身体の力が一気に抜けて、思わずその場に座り込んでしまった。

母は、家の階段から足を滑らせて転げ落ち、足首を骨折したとのことだった。まったく人騒がせな親だ。

「すまん花。父さんがもっとよく説明すればよかったな」

「ごめんね花ちゃん。心配させちゃって」

そう言って頭を下げる両親に、私はため息をつきつつも、笑顔を向けた。

「でも、大したことなくて本当によかったよ」

打ち所が悪かったら大変なことになっていたかもしれない。骨折だけですんで本当によかった。

「もう還暦なんだから、気を付けてもらわないと」

改めてホッと胸を撫でおろすと、頭にポンと手が乗せられる。

「よかったな、花」

見上げると、葉山社長が優しく微笑んでくれていた。その笑顔に「はい」と大きくうなずいた。

母はしばらく足を動かすことができず、歩けるようになるには四週間ほどかかるとのことだった。その間、もちろん食堂の仕事はできない。

母の手助けなく父がひとりで食堂の仕事をするのは厳しくて、かといってお店を休業するわけにもいかない。ということで、母が復帰するまでの間、私が食堂の手伝いをすることになった。

とはいっても、私も会社を休むわけにはいかないので、手伝うのは夜の営業だけ。平日の昼間は、お隣に住む陽太のお父さんとお母さんが手伝いをしてくれることになった。お店を陽太に譲ったので、自分たちは時間の融通がきくようになったらしく、ウチの食堂のピンチを助けてくれるそうだ。

私は、特別に二時間ほど早く仕事を上がらせてもらっている。家の事情を説明してお願いをしてみたところ、穂高部長がすぐに承諾してくれた。『湯本くんは有給もあまり取っていないから、そのくらいはいいよ』と、言ってくれたのだ。ありがたい。

今日は、食堂を手伝い始めて三日目になる。

「おっ！　久しぶりだなぁ、花ちゃんの顔見るの」

まるで珍しいものでも発見したかのように言うのは、商店街の近くの家に住んでいる常連客の島田《しまだ》さんだ。カウンター席に座ってから、すぐに声をかけてきた。

「島田さんお久しぶりです。お元気そうですね」

「おうよ！　おらぁ今年で七十七歳になるが、健康診断でどこも異常がなかったんだ」

島田さんは、前は大工の仕事をしていて、商店街にあるお店の何件かは島田さんが建て替えをしている。大工時代の名残なのか、いまだにがっちりした体格をしている元気なおじいちゃんだ。

「花、一品できたぞ」

厨房の奥から父の声が聞こえる。その声に「はーい」と答えて向かうと、ふわふわの卵が上に乗った親子丼が出来上がっていた。それを島田さんに届けると、うれしそうな顔で割り箸を口で割る。

「そうそう、これこれ。水曜はここの親子丼って、ずっと決めてんだ」

島田さんは、私が小さいころから、決まって水曜日の十九時半を過ぎると食堂へやって来ていた。そして親子丼を注文するのだ。普段は奥さんの手料理を食べるけれど、週に一度はウチの親子丼を食べたくなるらしい。父も島田さんにだけは、特別に大盛りを提供している。

それを食べながら、島田さんが思い出したように言った。

「そういや、みっちゃんはどうした？　今日は姿が見えねぇが」

「母はちょっと足の骨を折ってしまって」

「骨を折っただと？　大丈夫なのか？」

「はい。四週間もすればまたお店に出られると思います」

「そりゃ、たつ坊も大変だなぁ。それで花ちゃんが家の手伝いをしてるのか」

島田さんは、親子丼をがつがつと口の中へ入れていく。

ちなみにみっちゃんとは、〝道子《みちこ》〟という母の名前の、たつ坊とは〝辰夫《たつお》〟という父の名前の愛称だ。古い付き合いなので、島田さんは両親をそう呼んでいる。

「ところで聞いたぞ、花ちゃん」

テーブル席のお客さんに料理を運び終えると、島田さんにまた声をかけられる。

「聞いたって、なにをですか？」

そう言って振り返ると、島田さんは、お酒が入ってほんのりと赤くなっている顔を分かりやすいくらいにニタァッと緩ませ、「コレいるんだって？」と、親指を立てる。

「コレ？」

それがなにを指しているのか分からずに首をかしげると、

「花ちゃん、コレは彼氏って意味だよ」

そう教えてくれたのは、島田さんの隣に座っているパティスリーＳＡＳＡＮＯの笹野さんだった。ほっそりとして小柄な笹野さんは、私の位置からだと大柄な島田さんの影にすっぽりと隠れてしまっていた。そこから顔をひょいと出して、人のよさそうな笑顔で私を見ている。

「か、彼氏ですか⁉」

親指の意味を教えてもらった私は、一気に動揺してしまう。そんな私を見て島田さんがケラケラと楽しそうに笑う。

「みっちゃんがうれしそうに話してたぞ。花ちゃんがとうとう結婚相手を連れて来たって」

「結婚相手⁉」

思わず大きな声が飛び出てしまい、慌てて口を押さえた。

「花ちゃんと同い歳の陽太と優子も今年中には結婚するって言うし。仲よし幼馴染三人とも、年内にはゴールインってわけか」

「僕も今から楽しみだよ。三人のことは生まれた時からよく知ってるけど、もう結婚するような歳になったなんて感慨深いなぁ」

笹野さんがそう言い、島田さんとふたりで同時にビールをあおった。

「花ちゃんの結婚相手、なかなかの男前なのよ」

今度は女性の高い声が聞こえてくる。商店街で理容室を営んでいる松田《まつだ》さんだった。ベリーショートの髪を金色に染めた、なかなか見た目のインパクトの強い五十代半ばの女性だ。

「この前、ウチにカットに来た道子さんがうれしそうに話していたわよ」

お母さん……！　おしゃべりなんだから。

「あっ、じゃあ、やっぱりあの時のあれは、そういうことだったんだぁ」

おっとりとした口調で話すのは、松田さんと同じテーブルに座っているクリーニング店の山波《やまなみ》さんだ。お店の名前が入ったエプロンを、よく裏表逆で着ている少し天然な四十代後半の女性だ。

「あの時のあれってなになに？　気になるんだけど」

興味津々といった感じで松田さんが聞くと、山波さんがニコッと私に微笑みかける。

「言ってもいい～？　花ちゃん」

「な、なにをですか？」

ごくん、と唾を呑み込む。なにを言われるんだろうと不安になっていると、山波さんは「うふふふ」と楽しそうに笑いながら口を開いた。

「いつだったかなぁ？　夜の九時過ぎぐらいに森堂公園の前を通ったらね、若い男女がギュッて抱き合っていたのよ。誰だろ～？って思ってよく見たら、女性のほうはなんと花ちゃんだったわけ。男性は後ろ姿しか見えなかったけど、スーツ姿のすらりと背の高い人だったわねぇ」

　み、見られてた……。きっとあの日だ。陽太と話をしたあと、森堂公園で泣いてしまった私を、葉山社長が抱きしめてくれた日だ。

「おっ、花ちゃん。今度その婚約者、ここに連れてこいよ」

　豪快な声でそう言うのは島田さん。

「僕も見てみたいな～、花ちゃんの婚約者」

「私も！　イケメン楽しみ～」

　笹野さん、松田さんがそれに続く。

　葉山社長がいつの間にか私の婚約者になっている。そんなことひと言も言った覚えはないのに、母はいったいなにを勘違いしているんだろう。そもそも葉山社長とは〝付き合っている〟わけでもない。どうしよう。どう訂正しよう。

　ややこしくなっているこの展開に、どう対処しようか迷っていると、

「花。一品できたぞ」

　厨房から父の声が聞こえた。

「は、はーい」

　私は逃げるようにその場から離れて、厨房へと向かった。

それからあっという間に四週間が経ち、骨折が完治した母が食堂の仕事に復帰した。

これでまたいつものように父と母で食堂の仕事をしていけるので、役目を終えた私は、今日から定時どおりの仕事に戻ることになった。

「ご配慮いただきありがとうございました」

朝一番に穂高部長のデスクへ向かい頭を下げる。

「お母さん歩けるようになったの？」

「はい。すっかり元気で、なんだか骨折前よりもパワフルに動き回っています」

「それはよかった」と、にっこり穂高部長が笑いかけてくれる。

「今日からまた、いつもどおりの勤務時間に戻ります」

もう一度頭を下げると、私は自分のデスクへ戻った。

よし。今日からまた気持ちも新たにがんばろう。

そう気持ちを新たにした私は、パソコンの起動ボタンを押して仕事を始めた。


その日の昼休み。すっきりと晴れたいい天気だったので、お弁当を会社の外で食べることにした。今日はおいなりさんをタッパーに詰めて持ってきていたので、手でつまんで食べられる。油揚げは昨日の夜、味をつけて煮込み、朝は酢飯を詰めただけ。

ただ、それだけだと全体的に茶色いお弁当になってしまうので、家の冷蔵庫にあったブロッコリーと食堂の前日の余りのイカを炒めた中華風のおかずも一緒に持ってきた。

「ごちそうさまでした」

食べ終えて腕時計を確認すると、お昼休みの時間はまだ少しだけ残っている。もう少しここでゆっくりしていこうかな、と空に向かって伸びをし、午前中の仕事ですっかり凝り固まってしまった身体をほぐした。

ちなみに今日は、持田さんは会社の近くにあるお店にランチへ出かけている。ようやく体重を目標だった三キロ落とすことができたので、サラダ生活も終わったらしく『今日は好きなものを食べるのよ』と張り切って外へ出かけていった。

食べすぎてリバウンドしないといいけれど。

そんな心配をしつつ、制服のポケットからスマホを取り出す。

「今日も連絡なし、か」

母の病院に付き添ってもらったあと、葉山社長とは一度も会っていない。もう一カ月近く経つのに、電話もぱったりとなくなってしまった。

きっと忙しいんだ。たまに忘れそうになるけれど、あの人は葉山総合という大企業の社長なのだから当たり前だ。でも、もし別の理由だとしたら……。

「もう終わりってことかなぁ」

葉山社長とは、取引で繋がっているだけの関係。俺の女になれとは言われたけど、私は彼の恋人でもなんでもない。そういう取引を続けてきただけだ。葉山社長が私に飽きたら、この関係はきっと終わってしまう。

今までさんざん振り回されたのに、いざ会えなくなると寂しいと思ってしまうのはどうしてだろう……。

「ようやく日常に戻れたんじゃん」

今までがおかしかったんだ。葉山社長のマンションに食事を作りにいったり、一緒に出かけたりしていたのは、本当の私の日常じゃない。普通に生活をしていたら、葉山社長と出会って関わりを持つことはなかった。葉山社長と出会う前の穏やかな日々に戻っただけ。

「わっ。いつの間にかこんな時間だ」

考えごとをしているうちに、腕時計の針は、昼休みの終わりまであと五分の位置を指していた。

「あっ、花。ねぇねぇこれ見た？」

デスクに戻ると、先にランチから戻っていた持田さんに声をかけられた。彼女が手にしているのは女性ファッション誌で、その表紙のモデルは、以前、葉山社長と一緒に行ったカフェの近くで撮影をしていたアリサさんだ。真っ赤な唇の上に人差し指を当て、ウインクをきめている。

「その雑誌がどうかしたんですか?」

「その反応……。やっぱり見ていないのね」

持田さんは私のデスクの上でファッション誌を広げだす。仕事中なのにいいのかな?と慌てていると、持田さんがちらりと穂高部長を見てから言う。

「大丈夫よ。部長、ぜんぜん気づいてないから。……えっと何ページだったかな」

キレイにマニキュアを塗った持田さんの指が、さらさらとページをめくっていく。やがて目的のページを見つけたのか「あった」と小さく声をあげた。

「ほら、これ見て」

そのページには、ネイビーのスーツをびしっと着こなし、高級そうな黒い革張りのオフィスチェアに脚を組んで座り、肘掛けに乗せた手で頬杖をついてカメラ目線をきめている葉山社長の写真が大きく掲載されていた。

「どうして葉山社長がこの雑誌に載っているんですか!?」

驚いて持田さんを見ると、指でトントンと雑誌をたたく。そこに大きく書かれていた見出しは……。

「【密着！　新進気鋭の若手イケメン社長！　葉山総合代表取締役社長・葉山光臣】って、これなんですか？」

経済誌なら分かるけれど、これは女性ファッション誌だ。スーツ姿でデスクに向かい書類を読んでいる仕事中の写真、高級そうな大型犬を連れて公園を歩いているプライベートの写真などが掲載されていて、なぜか上半身裸のものまである。

余計な脂肪がいっさいついていなくて、きゅっと引き締まっている、いわゆる細マッチョ……って凝視している場合じゃない！

「どういうことなんですか？」と、持田さんに問いかけると、彼女はニコリと微笑む。

「なにって、葉山社長の特集記事」

「それは分かるんですけど、どうしてファッション誌で？」

しかもかなりのセクシーショットまで披露しているし……。

写真にばかり気を取られてしまっていたけれど、よく見るとインタビュー記事のようだった。

『――好きな女性のタイプは？』

『そうですね。タイプは特にありませんが、しいて言うなら料理の得意な子ですかね』

『――失礼ですが、ご結婚はまだですよね？』

『はい』

『――では、現在お付き合いされている女性はいらっしゃるんですか？』

『ええ。いますよ』

『――まぁ！　その方はやはりどちらかの会社のご令嬢ですか？』

『いえ、一般の女性です。僕の会社の子会社で事務の仕事をしていますよ』

『――どちらから告白を？』

『僕ですね。仕事で葉山総合の本社ビルに来ていた彼女に、ひと目惚れしました』

『――お付き合いはどのくらいの期間ですか？』

『今年の春からです。まだ交際期間は短いですが、僕は彼女とこれからもずっと一緒にいたいと思っています』

『――ということは結婚を考えていると？』

『もちろん。花以上の女性はきっとこれから現れません』

『――お名前、花さんって言うんですね』

『おっといけない。つい口が滑ってしまいました』

「花。……ねぇ花。……おーい、花？　どうしたの？」

インタビュー記事を読み終えた私は、しばらく放心状態だった。

「っは！」

持田さんに肩を揺すぶられ、何度か名前を呼ばれて、ようやく意識が浮上する。そしてふつふつと湧き上がる怒り。

なんなのこのインタビュー記事。全部デタラメなんだけど。

思わず雑誌を手に取り丸め、近くのゴミ箱に投げ捨てていた。

「ちょっと花、それ私の雑誌」

持田さんがゴミ箱から雑誌を拾い上げるのを横目に、私は起動したパソコンに向かい仕事を再開させた。

しばらく連絡もないから会ってなかったけど、その間にこんなインタビューを受けていたなんて。あの人いったいどういうつもりなの？

「だからごめんって。勝手に名前出したりして。調子に乗りすぎた」

葉山社長には珍しく、私に謝罪の言葉を口にしている。

「初めは彼女いないって言ったんだよ、俺。でもあの雑誌の女性記者が、『それだとおもしろくないから、いることにしましょうよ！』なんてお目目キラキラさせて言うから、つい……」

葉山社長から電話がかかってきたのは、あのファッション誌に掲載されたインタビュー記事を見た翌日のことだった。一カ月も連絡をしてこなかったことが嘘のように、しれっとした態度で《花の料理が食べたくなった》と言ってきたのだ。ちょうど仕事終わりだった私は、通い慣れた葉山社長の高級マンションへと向かい、夕食の席であの記事の件について聞いたのだった。

「だからって、どうして私のことを出すんですか！」

「ごめんって」

「もしもあの記事が、商店街の誰かに見られたら……」

お箸を持ったまま私は深いため息をついた。

今のところ葉山社長の顔を知っているのは、両親と陽太だけだ。ただ葉山総合の社長だということは知られていない。でももし、あの記事を見られてしまったら……。

「まぁ、そう怒るなよ。せっかくのメシがマズくなるぞ」

葉山社長はテーブルの上の料理に手を伸ばす。今日のメインは麻婆豆腐で、葉山社長のリクエストで作ったものだ。

「葉山社長には、他にも彼女がたくさんいるじゃないですか」

モテる葉山社長のことだから、インタビューで彼女として名前を出す人には困らないはず。どうしてよりによって私なんだろう。すごく迷惑だ。

「私じゃなくてもよかったのに」そうつぶやくと、葉山社長は「花がよかったんだよ」と言って麻婆豆腐を白いご飯の上にのせ、大きな口でぱくりと食べた。

そのあと、食べる手を止めて、急にまじめな顔になり、

「今の俺の一番は花だから」

と言った。

「彼女はって聞かれて、花のことが真っ先に思い浮かんだ」

その言葉にどう返したらいいのか分からなかった私は、麻婆豆腐に手を伸ばしてそれを食べ始めた。

彼女って……私は葉山社長の本当の彼女じゃない。それに、さっきの葉山社長の言葉には、深い意味なんてないはずだ。

それなのにどうしてだろう……。今の一番は私だと言ってもらえたことが、うれし

く思えてしまった。

もし、葉山社長の恋愛対象に私も入れてもらえたら……、取引じゃなく本当の恋ができたら……。

そんな思いが頭によぎった。けれど、それを振り払うように思いきり頭を横に振る。

本当の恋なんてありえない。彼は絶対に好きになってはいけない人だ。

「守ってやるから」


雨が降りだしそうな土曜日の午後。父に頼まれて、食堂で使う食材の買い出しへ出かけた。終わって家に戻り、買ってきたばかりの食材を厨房の冷蔵庫へとしまう。

「ふぅ……」

袋いっぱいに入った食材を両手に持って商店街を歩き回っていたから、さすがに疲れてしまった。でも、この仕事を還暦の両親は、毎日こなしている。食材を調達して、お店で料理を作る。改めてすごいと思った。

以前は、休日は仕事で疲れた身体を休めたいと思っていたけれど、母の骨折以来、私もなるべくお店に出て、両親の手伝いしようと思うようになっている。

食材をしまい終え、家に入り居間へと向かう。そこでは両親が夜の営業の準備を始めるまでの間、休憩を取っているはずだった。

「ただいまぁ」と言って、居間のふすまを開けた時、そこにいるはずのない人物を見つけて思わず固まる。

「よぉ、花！」

そこには両親とお茶を飲んでいる葉山社長の姿があった。

「あらヤダ。花ちゃんったらそんな格好で出かけていたの？」

「えっ」

母に言われて、そういえば……と慌てて自分の服装を確認する。下は高校時代の体操着だった小豆色のジャージ、上は白と黒のボーダーの七分袖のTシャツ。髪の毛は後でひとつにくしゃっとまとめただけ。そしてもちろんすっぴん。

買い出しといっても、ウチのメニューの材料は、ほとんど商店街のお店から仕入れている。青果店、鮮魚店、精肉店、とどれも近所なので、部屋着でふらりと出かけたのだけれど、まさかこの姿を葉山社長の前でさらしてしまうなんて。さすがに恥ずかしい。でも、今はそんなことを気にしている場合ではなかった。

「どうして葉……」

葉山社長、と言いそうになり慌てて言い直す。

「どうしてあなたがまた、家にいるんですか!?」

強い口調で葉山社長を問い詰めると、すかさず母にたしなめられる。

「花ちゃんたら、そんな冷たい言い方して。枝山さんは、お母さんの骨折が良くなったお祝いに、わざわざお菓子を持ってきてくれたのよ」

それを聞いて改めてテーブルの上を見ると、確かにお菓子の箱が置いてある。包装紙のロゴマークは、最近海外から日本に進出してきた高級洋菓子店のものだ。

するとと葉山社長が、私には見せたことのない穏やかな笑顔を母に向ける。

「治ってよかったですね、お母さん」

「ええ。心配してくれてありがとう、枝山さん」

母が少し照れくさそうに笑った。

「枝山くん、お茶のお代わりでもどうかね」

父が急須を手に取り、葉山社長の湯のみにお茶を注いでいる。

「ありがとうございます、お父さん」

そう言って、葉山社長はお茶をゆっくりと飲んだ。その光景に、私はその場で言葉をなくしてしまう。

葉山社長がすっかり我が家になじんでいる……。両親のことを『お父さん』『お母さん』と呼んでいるし、私が出かけている間に、ずいぶんと距離を縮めたらしい。

そういえば、母は葉山社長のことを私の結婚相手と勘違いしていることを思い出した。しかも商店街の人たちにも言いふらしているようだし。

私がいままで陽太以外の男性の話をいっさいしたことがなく、ましてや家に連れてきたこともなかったから、葉山社長の存在が母は相当うれしかったのだと思う。でも、本当の彼氏ではないので、複雑な気持ちになる。とはいえ、今さらすべてを話して、〝枝山さん〟の正体をバラすこともできない。

はぁ……と心の中でため息をついた時だった。

「そうだわ！　花ちゃん」

母が突然なにかを思い出したように口を開いた。

「枝山さんに商店街を案内してあげたら？」

えっ⁉　商店街を案内って。母の提案に思いきり嫌な顔をしてみせたのだけれど、

「それいいですね。僕も花さんが育った商店街を見てみたいです」

と、葉山社長が乗り気になってしまう。

というかこの人、自分の立場忘れてない？　葉山社長は商店街の敵。そんな人を連れて、商店街を歩けるわけがない。

「案内なんてしないからね」

「あらどうして？」

母が不満気な顔を私に向ける。

どうしてと言われても、その人は枝山という名前じゃない。葉山総合の社長なんだ

から……なんて言えるわけはない。

「とにかく案内は絶対に……」

「よしっ。行こう」

案内は絶対にしない、と言おうとした私の言葉は、葉山社長に遮られてしまった。立ち上がった葉山社長が、私の腕を掴む。

「ほら行くぞ」と告げられ、そのままずるずると引きずられるようにして玄関へ連れていかれる。本当にこの人は、いつも私の気持ちも考えずに強引だ。


葉山社長に連れ出されて森堂商店街の中を歩き始める。一緒にいるところをなるべく誰にも見られませんように、と心の中で願いながら。

「思ってたより繁盛してるんだな」

ネクタイをゆるめながら、葉山社長がぼそっとつぶやく。ちなみに、今日は休日にもかかわらず、葉山社長はスーツ姿だ。午前中に会議があったらしく、それが終わってから母の快気祝いを買って家に来たらしい。その気持ちはうれしいけど……。

「へぇ、喫茶店もあるのか」

葉山社長は、もの珍しそうにきょろきょろと商店街の様子を観察している。その数歩後ろをとぼとぼと歩いていると、なんともいえない香ばしい香りが漂ってきた。

「あら、花ちゃんじゃないの」

そこはちょうど田中団子屋の前だった。

「お使いは終わったの？」

田中のおばあちゃんにそうたずねられて「はい」と返事をする。お店の食材の調達をしていた時もここを通ったので、店先でだんごを焼いているおばあちゃんとは、さっきも会ったばかりだった。

「あらまぁ。で、そっちの男前さんはどなた？」

おばあちゃんの視線が葉山社長に向く。誰にも見られませんように、と心の中で祈ってはいたけれど、やっぱり無理だ。この商店街の人はほとんど私の知り合いだし。

「初めまして。花さんの彼氏の枝山と申します」

葉山社長は深々と頭を下げる。

彼氏って……。本当は違うのに、これで両親だけじゃなく、田中のおばあちゃんにも嘘をついたことになってしまった。一方、田中のおばあちゃんは、葉山社長のハキハキとしたしゃべり方と丁寧なお辞儀に、

「まぁ素敵な人だこと。良い人見つけたわね花ちゃん」

と感心したように言っている。

「あはは……」

違います、とも言えずに、ひきつった笑顔で笑ってごまかしたけど、心の中は罪悪感でいっぱいだった。ああ、嘘をついた人がどんどん増えていく……。

「おいしそうなおだんごですね」

そんな私の気も知らないで、葉山社長は、田中のおばあちゃんが焼いているおだんごをのんきにのぞき込んでいる。

「ウチの名物のしょうゆだんごさ。あんたにひとつやるよ」

田中のおばあちゃんが焼きたてのだんごを葉山社長に手渡した。

「あっ、じゃあお金を」と、葉山社長がスーツの内ポケットに手を伸ばしたけれど、この人はきっと小銭なんて持っていない。私が払うか、とジャージのポケットに入れたままだったお使いのおつりを出そうとすると、田中のおばあちゃんが大きく首を横に振った。

「お金なんていらないよ。花ちゃんの彼氏にウチのだんごを食べてもらいたいだけだからね。ほら、どうぞ」

「では、お言葉に甘えて」

葉山社長がしょうゆだんごに手を伸ばし、パクリと口に入れた。

「うん、おいしいです」

田中のおばあちゃんは、顔中シワだらけにしてうれしそうに笑った。これ以上は嘘が増えないように、ここを早く離れよう。そう思った時、また聞き覚えがある声が聞こえてきた。

「花ちゃんの声がすると思ったらやっぱりそうだ。もしかしてそちらの方が花ちゃんの婚約者？」

隣のパティスリーＳＡＳＡＮＯから出てきた笹野さんだった。田中のおばあちゃんが目を丸くする。

「あらヤダ。彼氏じゃなくてもう婚約者だったのかい。じゃあ今日は花ちゃんの両親に挨拶でもしに来たの？」

すると今度は、向かいのマツダ理容室から、松田さんが飛び出してきた。

「えっ来てるの？　花ちゃんの婚約者……あっ、その人ね、あら、本当にイケメン」

そう言って、葉山社長のまわりをぐるぐると回りながら観察をしている。葉山社長は苦笑いを浮かべながら「初めまして」と挨拶を返している。

騒ぎを聞きつけ、マツダ理容室の隣の山波クリーニング店から山波さんも顔を出す。

「あら、花ちゃんの噂の婚約者？　背が高くてモデルさんみたいね～」

どうしよう。だから商店街の案内なんてしたくなかったのに。こうなったら早くここを出ないと。そう思い葉山社長の腕を掴んでその場から離れようとしたのだけれど、精肉店の小柴さんや鮮魚店の高木さんをはじめ、顔見知りの人がどんどん集まってきてしまい、私と葉山社長はその場から身動きが取れなくなってしまったのだった。


ようやく商店街の人たちから解放されると、私たちは近くの駐車場に停めていた葉山社長の愛車の中に避難した。

ふぅ、と息をついて、葉山社長が運転席のシートに背中を預ける。

「なんかすみませんでした」

結局、あれから一時間ほど商店街の人たちに囲まれていた。

「いや、楽しかったから別にいいけど」

おみやげもこんなにもらったしな、と葉山社長は後部座席をちらりと見た。そこには『花ちゃんの婚約者さんに』と、商店街の人たちから渡されたものが置かれている。

「おもしろい商店街だな。お前が婚約者を連れてきたくらいで、あれほど騒ぎになるのか？」

さっきのことを思い出したのか葉山社長が楽しそうに笑っている。一方、私の気分はドーンと沈む。

「また嘘が増えてしまいました」

葉山社長が枝山という偽名を使い、私の彼氏として家に来たことで、両親に嘘をついているだけでなく、その嘘が商店街中に広まってしまった。しかも彼氏から婚約者へと昇格して……。

「どうしよう」

小さく叫んで頭を抱えた私の肩に、葉山社長がポンと手を乗せる。

「だったら嘘にしなければいいんだろ？」

え？　嘘にしなければって、そんなことできるのだろうか。

「俺と本当に結婚すれば、嘘にならないだろ」

自信満々のその提案を聞いて、私は呆れ返った。

「言っておきますけど、あなたの存在そのものが嘘なんですよ？　あなたは今、枝山さんなんです」

「じゃあ俺、枝山に改名しようかな」

「そういう問題じゃありませんよね」

だよな、と葉山社長がのんきに笑った。

「でもさ、マジな話、お前と結婚したら、俺もあの優しそうなご両親の義理の息子になれるんだよな。あの商店街の仲間にもなれるのか」

それも楽しそうだよなぁ、と葉山社長がつぶやく。

「いい商店街だよな、森堂商店街」

その言葉に耳を疑う。

その商店街を再開発して、自分の会社のショッピングセンターを作ろうとしていたくせに。今さらなにを言うんだろう。

「そういえば。お前って、両親が歳いってからできた子なんだって？」

突然、話題を変えられて、私は思わず葉山社長の顔を見た。

「お前がいない間に聞いたんだ。結婚して十年目でようやくできた子だって」

「まぁ、はい……」

確かに私は両親が三十五歳の時にようやくできたひとり娘だけれど。

「大切に愛されて育ったんだろうな。だから、そんなふうにお前は優しいんだよ」

俺と違って、と葉山社長が自嘲《じちょう》気味に言う。

「なぁ、少しだけ俺の話、してもいい？」

「えっ。……はい、どうぞ」

この前は私の陽太への恋の話も聞いてもらったし、それに葉山社長の話を聞いてみたかった。考えてみると、彼について知っていることが少なすぎるから。

「俺の母親が料理研究家の葉山今日子っていうのは、知ってるよな？」

「はい」

初めて葉山社長のマンションに行った時に、葉山社長はお母様のことを嫌いだと言っていた。

「俺のオヤジっていうのが無類の女好きで、愛人の家を渡り歩いているような最低なヤツだったんだ。って、まぁ俺もそのＤＮＡを受け継いじゃったみたいだけど」

そう言って葉山社長が小さく笑った。

なるほど。葉山社長の女性関係の派手なところはお父様譲りだったというわけか。

葉山社長は、いつになくまじめな表情で話を続けた。

「母は、そんなオヤジの分の食事も、毎晩、きちんと用意して帰りを待ってるような人でさ。オヤジは母への愛は少しもないようだったけど、母はオヤジへの愛がまだあったんだよな」

葉山総合の前代表取締役社長であるお父様とお母様の葉山今日子さんは〝おしどり

夫婦〟として有名だったのに。

「でも、いつもオヤジは愛人の家から帰って来ない。だからガキのころ、メシはいつも母とふたりで食べてた。料理研究家のあの人らしく、味も見た目も栄養もいつも完璧な料理だった。それにオヤジの好物が必ず食卓に並んでた。そんなもの作ってもオヤジは帰ってこないのに。だから、いつも必ず一食分のメシが残るんだよ。もったいなくて、俺がそれも全部食べてた」

当時のことを思い出しているのか、葉山社長の視線は、どこか遠くへ向けられている。その横顔を見つめながら、私は黙って話に耳を傾け続けた。

「でも本当は俺、母の料理が大嫌いだった。雑誌やテレビでは評判が高かったようだけど、ガキのころの俺にとっては、なにを食べてもただマズく感じるだけだった」

そう言って、葉山社長は少し寂しそうに笑った。

「そしたらだんだん、外で食べる料理もおいしく感じられなくなった。高級レストランの料理でもな」

その話を聞きながら、前に葉山社長が私に言ってくれた言葉を思い出していた。

私が小さいころ、父の作った親子丼をマズイと言った男の子がいたことを話した時、葉山社長はその子のことを『病んでいるのかも』と言った。どんなものを食べてもおいしく思えない病気なのかもしれない、と。

そんな病気があるのかと半信半疑だったけど、もしかしたらそれは、葉山社長が子供時代に体験したことだったのかもしれない。ウチの親子丼をマズイと言った男の子と、子供のころの自分を重ねていたのかもしれなかった。

人気料理研究家の葉山今日子が作った料理が、マズイわけなんてない。でもそう感じていたのは、子供のころの葉山社長が〝なにを食べてもおいしと思えないビョーキ〟だったから。

それはそのときの〝心〟と関係しているのだろう。愛人の家にばかりいて、自宅に戻ってこない父と、その父の分の食事を毎晩必ず用意して帰りを待ち続けている母。子供のころの葉山社長は、そんな両親を見ているのがつらかったんじゃないかな。だから、母が父のために作る料理をおいしいと感じることができなかった。そしてだんだんと母が作った料理以外もおいしいと感じられなくなってしまったのだろう。

「もし今、お母様の料理を食べたら、葉山社長はおいしいって言えると思いますか?」

ふとそんな質問をしていた。

だって葉山社長は、私の作った料理をどれもおいしいと言って食べてくれる。父の作った親子丼だって、さっき食べた田中のおばあちゃんのおだんごだって、おいしいと言って食べていた。だからもう葉山社長は〝病気〟じゃないはずだ。おいしいものを純粋においしいと感じられているから……。

「どうだろうな」

私の質問に、葉山社長は少し考え込んでいた。そして「でも」と言葉を続けた。

「今は料理がおいしく感じられないってわけじゃない。実家を出て、海外に住んだりひとり暮らしをするようになったりしてから、口にするメシを普通にうまいと思えるようになった。この前、お前を連れて行った横浜のレストランも、俺のお気に入りのひとつだしな」

それを聞いて少しだけホッとした。葉山社長が今はおいしく料理を食べられていてよかった。だって、どんな料理もおいしく感じない、なんてかわいそうすぎる。

「母の料理か……。もう一度、食べたいと思っても、もう死んじまってるから」

そうぽつりと葉山社長が言ったとき、彼のスーツの内ポケットに入っているスマホが鳴った。

「悪い。電話でてもいい？」

私がうなずいたのを見て、葉山社長はすぐにスマホを取り出して電話に出る。

「佐上か。どうした？」

仕事の電話だ。車内の空気が一瞬でキリッと張りつめる。

「またその件か。それなら午前の会議で話し合ったばかりだろ。……ああ、だから俺は反対だって……え？　分かった。すぐに戻る」

電話を終えると、スマホを再び内ポケットに戻しながら葉山社長が険しい表情を浮かべる。

「ったく、あのくそオヤジ」

そうつぶやいて、私を振り返る。

「悪いな。仕事で本社へ戻らないと」

葉山社長は、ここのところとても忙しそうだ。母の病院へ連れ添ってくれた時も、急な仕事の電話がかかってきていたし、それからしばらく会えない日々が続いたし。

私はすぐに助手席から降り、いったんは家に戻ろうとしたけれど、思い直して振り返り、開いている窓から声をかける。

「また、料理作りにいきます」

葉山社長の子供のころの話を聞いたせいかもしれない。もっといろんな料理を作って葉山社長においしいと言ってもらいたいと思った。

すると葉山社長が一瞬、驚いたような顔をした。たぶん、私が初めて自分から作りにいくと言ったからだろう。いつも葉山社長に作りに来いと言われてからいくから。

「じゃあ、またお前の得意料理の親子丼が食べたいな」

「はい」と言って微笑んでから、私は車から離れた。葉山社長はそのまま車を出発させるのかと思っていたけど、一向にその気配はなく、ハンドルを握りしめたままじっと黙っている。

「……花」

やがて低い声で私の名前を呼んだ。そして、

「お前の大事な商店街、俺が絶対に守ってやるからな」

そう告げると、葉山社長はハンドルを握り直して車を発進させた。私は車を見送りながらも、さっきの言葉が引っかかっていた。

守るってどういう意味だろう……。

商店街を再開発しようとしていたのは葉山社長の会社なのに、いったいなにから守るというのだろう？　第一、再開発はなくなったんじゃなかったんだろうか。

意味深な言葉の意味が分かったのは、それから数日後のことだった。

第五章　本当の恋人

「花が泣くだろ？」


　しとしとと雨が降る七月の終わりの金曜日。仕事が終わってから久しぶりに持田さんとご飯を食べて家に帰ると、食堂の明かりがまだ灯っていた。閉店時間は過ぎているはずなのにおかしいなと思いながら、ゆっくりとお店の扉を開ける。

「ただいまぁ……あれ？」

　そこには商店街の大勢のメンバーが集まっていた。精肉店の小柴さん、洋菓子店の笹野さん、鮮魚店の高木さん、理容室の松田さん、クリーニング店の山波さん、それに大工の島田さんやほかのお店の人たち。珍しく生花店を営む優子のお兄さんと奥さん、それに優子と陽太も交ざっている。もちろん私の両親もいる。

　これだけの人がウチの食堂で一堂に会しているのは珍しい。しかも、みんななんだか浮かない表情をしているし。

「えっと……今日は誰かの誕生日とか？」

　そんなわけはないと分かっているけれど、あえておどけたように言ってみた。

「花ちゃん、ここ、座りなさい」

母からカウンター席に座るように言われたので、私は腰をおろした。

「なにかあったの？」

ウチの食堂に来ると、皆、いつも明るく話をしていたはずなのに、なぜか全員が黙っている。空気がどんよりと重たい。よくない出来事が起こったに違いないと確信した。

すると隣に座っている優子がそっと声をかけてくる。

「花。これ見て」

そう言って優子が私の前に出したのは、一冊の雑誌だった。真っ赤な唇の上に人差し指をあて、ウインクをきめているハーフのモデルが表紙の、そのファッション雑誌には見覚えがあった。瞬時に、背中に冷たいものが走った。

「この雑誌、知美《ともみ》さんが毎月買って読んでいるの」

知美さんは優子のお兄さんの奥さんだ。いつも身だしなみに気を付けていて、しっかりと化粧をし、服装もオシャレな彼女は、確かにこの雑誌を定期購読していそうだった。久しぶりに会った知美さんに、ぺこりと頭を下げられたので、私も軽く頭を下げて応えると、優子が言葉を続ける。

「知美さんが読みかけのこの雑誌をリビングに置いたままにしていて。それをうちに遊びに来てた陽太が、なにげなく手に取って中身を見ていたの。そうしたら知ってる人が写っているって言うから……」

優子が開いたページには、びしっとしたスーツ姿でデスクの上の書類に視線を落としている葉山社長の姿が大きく載っていた。

「この人って、この前会った花の彼氏だよな？」

優子の隣に座っている陽太が私の横顔をじっと見つめているのが分かった。

「花、私に話してくれたよね？　再開発から森堂商店街を守るために、葉山総合の社長と付き合うことになったたって」

優子が心配そうな表情で私の顔をのぞき込む。

「枝山って、葉山総合の社長だったんだな」

冷静な父の声が聞こえて、私は雑誌から顔を上げた。

「あの男、俺たちを騙《だま》してたんだな」

「違うのお父さん」

「なにが違うんだ！」

父の怒号に、食堂がしんと静まりかえった。

「優子ちゃんから話は全部聞いたぞ。だいたい花、お前もお前だ。葉山総合の社長の、そんなくだらない取引に乗ったりして。しかもあの男、嘘の名前を使ってウチに上がり込んで、花の彼氏面《づら》して、全くどういうつもりなんだ」

「ごめんなさい……」

なにも言い返すことができなかった。確かに葉山社長は両親のことを騙していた。そして、それは私も同じだった。嘘をついていることに後ろめたい気持ちはあったけれど、心のどこかで、きっとこのままバレなければ嘘をついていても大丈夫だ、という気持ちがあったのかもしれない。葉山社長との取引が終わって、もう会うことがなくなった時、両親や商店街のみんなには〝枝山さん〟とはもう別れたと、彼の存在を消してしまえばいいって……。

父がこんなに怒っているのを見るのは初めてだった。いつも口数が少なくて温和な父。穏やかな笑顔で、優しく私に料理を教えてくれていた。その父をこんなに怒らせてしまった。

「まぁ落ち着け、たつ坊」

島田さんが冷静な声で、怒りで震えている父をなだめようとしてくれている。

「花ちゃんは、商店街を守りたかっただけだ。お前たちを騙したかったわけじゃない」

「そうだよ辰夫。少し落ち着け」

すかさず笹野さんも父に声をかけた。

「花ちゃんは、お前とみっちゃんに似て優しい子だ。俺たちの商店街をどうにかして再開発の手から救いたくて、葉山総合の社長の話に応じたんだろうよ」

「だが、自分の娘がそんなむちゃくちゃな取引をしていたのかと思うと、どうしても許せない」

笹野さんの言葉を聞いた父が、歯をくいしばりながら言った。

「そうよ花ちゃん。こんなやり方をされてもうれしくないのよ」

母は苦しそうに、それでもなんとか微笑もうと、複雑な表情を浮かべて私を見た。

島田さんや笹野さんの言ったとおりだった。私は森堂商店街の再開発をやめてもらいたくて取引を受け入れた。それは両親のため、商店街のみんなのためだったけど、そのせいで両親を怒らせて悲しませ、商店街のみんなにまで心配をかけてしまった。

「ごめんなさい……」

頭を下げることしかできなかった。そんな私の背中をさすりながら優子が言う。

「でも、花はもう葉山社長との取引はやめたんだよね」

「えっ」

私はハッとして優子を見つめた。

取引をやめた？　ううん、やめてなんかいない。葉山社長からはしばらく連絡がないし、会ってはいないけれど、取引の終わりを告げられてはいない。だから継続中のはずで、私はこれからも葉山社長のマンションに料理を作りに行くつもりだった。

「花が葉山社長との取引をやめたから、再開発の計画がまた始まったんじゃないの?」

「え……」

最初、優子がなにを言っているのか分からなかった。再開発がまた始まったって?

するると優子の言葉に付け足すように父が静かに口を開いた。

「今日、葉山総合の副社長が商店街に来た。一度、白紙に戻した計画を、再開させるらしい」

「嘘……」

どういうこと? 葉山社長は私が取引に応じたら再開発から手を引いてくれると言い、その言葉どおり再開発は白紙になったのに。数日前だって、葉山社長は森堂商店街を絶対に守ると言っていた……。

「あっ」

そこで気がついた。葉山社長が、なにから森堂商店街を守ろうとしてくれていたのか。同じ葉山総合でも、再開発を進めようとしているのは葉山社長じゃなくて副社長だったんだ。そういえば葉山社長も前に言っていた。森堂商店街の再開発の担当は副社長である叔父さんだって。

守る、と言ってくれたのは、もしかしたら、副社長がまた再開発を進めようとしているのを、葉山社長が止めようとしてくれているのかも。私との取引のために……。

「ごめん。用事思い出した」

私は慌てて立ち上がり、食堂を飛び出した。


向かったのは葉山社長のマンション。たどり着いたのは、日付が変わりそうな時間だった。最寄りの駅で電車を降りてからここまで、全速力で走って来たせいか息が切れてしまった。膝に手をついて荒い呼吸を整えていると、聞き慣れた低い声がした。

「花？　お前、こんな時間にどうしたんだ？」

振り向くと、そこにいたのはスーツ姿の葉山社長だった。近くには黒塗りの車が停められていて、そばに秘書の佐上さんが立っている。ちょうど仕事から帰って来たところなのかもしれない。

「あなたに、話が、あって」

息がまだ整っていないせいで、言葉が途切れ途切れになってしまう。ゆっくりと息をして呼吸を落ち着けていると、スーツのズボンのポケットに両手を突っ込んだ葉山社長が口を開いた。

「お前の言いたいことなら分かってるよ。森堂商店街のことだろ?」

私は顔を上げると葉山社長を見つめた。

「ウチの副社長が商店街に行ったんだよな」

「はい、また再開発を進めるって……」

小さな声でそう告げると、葉山社長は一度大きくため息をついた。

「あのおっさん……いや、副社長は俺のことが気に入らないんだ。オヤジが亡くなって次に社長になるのは自分だと思っていたのに、会長であるじいさんに指名されたのは若造の俺。それが許せないんだよ。だから大きな利益をだしそうな事業を手がけて、自分の方が社長にふさわしいって思い知らせたくて必死なんだ。それに、俺の国内にはもう店舗は作らないって方針にも反発してる。それが、強引にでもあの商店街を潰して、新店舗を作ろうとしている理由だ」

そんな内部事情を打ち明けたあと、葉山社長は私を安心させるように微笑んだ。

「大丈夫だって。再開発なんてさせるかよ。お前の商店街は俺が絶対に守ってやるって言ったろ?」

絶対に、と力強く言ってくれた葉山社長から、私はそっと目をそらした。

大好きな森堂商店街を守ってくれる、そう言ってくれた葉山社長だけど、そのことで、副社長である叔父さんと激しく対立している。でも、そもそもどうして葉山社長はそこまでして再開発に反対してくれるのだろう。

私との取引があるから？　でも、いつまでも私なんかの願いを聞き入れてくれているなんて、キレ者と言われている社長のすることとは思えなかった。

「どうしてですか」

ふとそんな言葉が口をつく。

「どうしてそこまでしてくれるんですか？　それに、今回はどうして『取引』じゃなくて『守る』と言ってくれてるんですか」

再開発を進めるほうが会社としてはメリットがあるはずだし、叔父さんと対立だってしなくてすむのに。

詰め寄ってそうたずねると、葉山社長の顔がふっと優しく微笑んだ。

「あの商店街がなくなったら、花が泣くだろ？」

「え……」

「お前の泣き顔〝あの日〟からずっと忘れられなかった」

「あの日？」

それって、いつのこと？

『忘れられなかった』って、それは葉山社長が子供のころに泣かせてしまったという女性の話でしょ？　私はその人に似ているだけで……。

「お前は気づいてないだろうけど、ガキのころ……」

そこまで言うと葉山社長は口を閉じた。そのまま真っ暗な空に向かって大きく息をはき出すと、斜め後ろに声をかける。

「佐上」

葉山社長が車の近くに立っている佐上さんを呼ぶと、すぐにそばに駆けつけてくる。

「花のこと家まで送ってやってくれ。森堂商店街だ。場所、分かるだろ？」

「かしこまりました」

一礼したあと、佐上さんが私を振り返り、さぁ、行きましょうと促して、先に車へと歩き出した。

「じゃあな、花」

葉山社長は私の頭をポンポンと軽くたたいた。それから背を向けてマンションのエントランスに向かっていった。

「待ってください。まだ話が……」

そう声をかけたけれど、葉山社長は振り返ることもなく、マンションの中へと消えてしまった。

佐上さんが運転する車の中には、まだ葉山社長の香水の香りが残っていた。それに胸がきゅっと締め付けられる。

「湯本花さん、ですよね？」

バックミラー越しに佐上さんが私に話しかけてくる。

「きちんとお話をするのは、これが初めてかと思います。私は光臣社長の秘書をしております佐上と申します」

本社で私が葉山社長に突然話しかけた時、厳しい声をかけてきたのが佐上さんだった。あの時は堅物に見えたけれど、こうして改めて話してみると穏やかそうな人だ。

「森堂商店街の再開発を撤回してほしいと、光臣社長におっしゃったそうですね」

「はい」

「取引をなさったとも聞いております」

どうやら佐上さんは、私と葉山社長の関係についてすべて知っているようだった。

いつもは交通量の多い三車線の道路も、時間帯のせいか、車の数が少なくてスムーズに進む。飛ばして走る車が多い中で、佐上さんの運転する車だけが、きちんと制限速度を守りながら走り続けている。

「これから私が話すことは、どうか軽く聞き流してください」

右へ曲がるウインカーを出しながら、佐上さんが突然そんなことを言った。

なんの話だろう？　と私は耳を傾ける。

「光臣社長は、あなたに撤回を求められるよりもっと以前から、森堂商店街の再開発には反対されておりました。あなたに最初にお目にかかった日に行われた会議で、再開発を認めないことを、副社長である光秀様にはっきりとおっしゃるおつもりだったんですよ」

「え……？」

「だから、あなたに言われて計画をやめにしたわけではなくて、光臣社長は初めから再開発をやめようとしていたんです」

初めて聞く事実だった。私が訴えたから、計画を白紙にしてくれたとずっと思っていた。

「どうして葉山社長は最初から再開発を反対していたんですか」

さらに尋ねると、佐上さんは「私も詳しくは存じ上げていないのですが……」と前置きをしてから続きを話し始めた。

「あの場所には、泣かせたくない女の子がいる、とおっしゃっておりました」

「泣かせたくない女の子？」

「ええ。光臣社長は子供のころ、迷子になっている女の子を家まで送ったことがあるそうです」

その時、ふとある記憶が頭をよぎった。

「その女の子の家は、商店街で小さな食堂を営んでいたようなのですが、家まで送ってもらったお礼にと、女の子が光臣社長に〝なにか〟をごちそうしてくれたそうです。それがどんな料理なのか……花さん、思い出しましたか？」

そこまで聞いてようやく思い出した。いや、思い出したというよりも、私は〝あの日〟のことを忘れたことはなかった。それがどんな料理だったのかなんて聞かれるまでもなかった。

「親子丼……ですよね」

そう答えると、にこりと笑う佐上さんの顔がバックミラーに映った。

まさか、あの時の男の子が葉山社長だったなんて……。

父の作った親子丼を『マズイ』と言われた悔しさから、私は料理を習うようになった。あの男の子にもう一度、ウチの食堂で親子丼を食べさせて、今度は絶対に『おいしい』と言ってもらいたいと。

「光臣社長はその親子丼を食べて『マズイ』と言ったそうです。すると、女の子が突然泣き出したと。その泣き顔がずっと忘れられない、とおっしゃっていました」

佐上さんの運転する車は、大通りから細い道に入った。しばらく進むと暗闇の中に森堂商店街の看板が見えてきた。ゆっくりと車のスピードを落としながら、「花さん」と佐上さんが私の名前を呼ぶ。

「だから、光臣社長はあなたのことをもう泣かせたくないんですよ」

そう告げられた時、ちょうど車が停まった。

そういうことだったんだ。葉山社長は嘘をついていた。似ているんじゃない。葉山社長が言っていた『忘れられない女性』とは〝私〟のことだったんだ。

あの時の男の子が、子供のころの葉山社長だったなんて、佐上さんの話を聞くまでまったく気がつかなかった。でも葉山社長は気づいていたんだ。私が彼に商店街の再開発をやめてほしいと頼みにいったあの時から……。

私を泣かさないために、葉山社長は、森堂商店街を守ろうとしてくれていたんだ。

「取引は終わりだ」

　しばらくして、森堂商店街の再開発計画は再び白紙に戻された。そのあとすぐ、突然、日本を代表する大手流通企業・葉山総合の社長交代のニュースが流れた。

「花、二品できたぞ」

　土曜日の今日は、母が親戚の結婚式へ出席するため出かけていて、私が代わりに食堂の仕事を手伝っている。お昼時の店内は、テーブル席はすべて埋まり、カウンター席も半分が埋まっていた。

「おい花。二品できたぞ」

「あっ、はい」

　厨房から聞こえる父の声に返事をして、出来上がった料理を取りに向かう。それをテーブル席のお客さんたちへと運ぶ。

「お待たせしました。生姜焼き定食と親子丼です」

　食堂に置いてあるテレビには、お昼のワイドショー番組が流れていた。さっきからそこにちらちらと目がいってしまう。昨夜、葉山総合の本社ビルで開かれた社長交代の会見を取り上げているからだ。

　会見場には三人の人物が出席していた。中央に座っているのが新しく社長に就任する葉山社長の叔父さんで、葉山社長の祖父で葉山総合会長と葉山社長が、その両脇に座っている。テレビでは、記者会見の映像を流したあと、コメンテーターたちが意見を交わしている。

『葉山総合といえば、同族経営としても有名ですよね』

『ええ。昨年の春に当時の社長が急逝したので、息子の光臣氏が社長に就任しています。まだ若いですが、彼が就任してから、葉山総合の売り上げは右肩上がりで伸びていたんですが』

『ではなぜ、一年余りで社長交代という事態になったのでしょうか』

『それについては、今回の記者会見でも詳しくは発表されていませんね。光臣氏が自ら社長を降りた、という噂もありますが……』

　テレビ画面を見つめながら、手が自然とエプロンのポケットへと向かう。そこに忍ばせているスマホの画面を確認したが、当然、なにも表示されていない。あれから、葉山社長から連絡がない。その間に、まさか社長を退いていたなんて。再開発がなくなったことと関係があるのかもしれない。なにがあったのか聞きたいのに、こちらから電話しても葉山社長は出てくれず、心配ばかりが増していく。

「花。一品できたぞ」

父の声が聞こえたので、私はテレビを見るのを諦めて、慌てて厨房へと向かった。


その日の夜遅く、部屋のベッドに寝転がりながらくつろいでいると、突然スマホが鳴った。葉山社長からの着信だった。ベッドから飛び起きて急いでその電話に出る。

「もしもし」

《よぉ、花》

いつもどおりののんきな葉山社長の声が聞こえてきた。

「葉山社長……あの、えっと……」

言いたいこと、聞きたいことはたくさんある。けれど、なにから話していいのか分からずに言葉につまってしまう。もごもごと口を動かしていると電話の向こうの葉山社長が小さく笑うのが分かった。

《その呼び方やめない？　俺もう社長じゃないし》

「あ……」

葉山社長は社長を退任したんだった。そのことについても聞きたいのに、どう声をかけていいのか分からずに黙り込むと、葉山社長の声が耳に届いた。

《安心しろよ。葉山総合は森堂商店街から完全に手を引いたから。叔父が社長になっても再開発は絶対にしない》

だから安心しろ、と葉山社長はくり返した。

「どうして社長を辞めたんですか？」

そう質問すると、葉山社長はいつもどおりのおどけた調子で《そこ気になっちゃう？》と笑いながら言った。

《叔父と取引したんだ》

それから葉山社長は、会見では語られなかった、今回の社長交代の事情を私に教えてくれた。

葉山社長は副社長である叔父さんに社長の座を譲ることを条件に、森堂商店街の再開発を今度こそやめてもらったのだそうだ。もともと社長のイスを狙っていた叔父さんは、すぐにそれに同意した。

《正直、俺が辞めなくてもよかったんだけどな。でも、なんとしてでも再開発を推し進めようとしている叔父を本気で止めるには、叔父が一番望んでいることを叶えてやるしかなかった》

それが社長のイスに座ることだったのだろう。

《ま、俺も別に社長にこだわっていたわけじゃないし。じいさんや株主に言われてオヤジの跡を継いだだけだからな。あのおっさんがそんなに社長やりたいなら、やらせてやればいいさ》

それでも葉山社長が社長になってからは、葉山総合の経営状態がぐんとよくなったとテレビ番組でも言っていた。だから葉山社長は社長でいたほうがよかったと思う。

それなのに社長のイスを叔父さんに譲ったのは、やはり森堂商店街のためだった。そして葉山社長が商店街のためにそこまでしてくれる理由は、佐上さんから聞いた。軽く聞き流してほしいと言われたけれど、そういうわけにはいかなかった。

「佐上さんから聞きました。私と葉山社長の子供のころの話」

電話の向こうの葉山社長は、今どういう表情をしているのだろう。本当は顔を見てしっかりとこの話をしたかった。

「嘘だったんですね。私に似ている女性って、私のことじゃないですか」

電話の向こうから葉山社長の返事はない。

「驚きました。あの日、迷子だった私を家まで送ってくれたのって、葉山社長だったんですね」

葉山社長はしばらく黙っていたけれど、やがて《佐上のヤツ。口が固いと思ってたのに案外おしゃべりだな》とぼやいた。そんな彼に、私は続けて問いかける。

「いつから私のこと気づいていたんですか？」

《社長室でお前に会った時だよ。実家が森堂商店街で食堂をしてるって聞いて、もしかしてと思った。再開発をやめてほしいって、俺に頼んできたお前の泣き顔を見て確信した。コイツ、やっぱり俺がガキのころのひと言で泣かせちまったヤツだって》

やっぱり葉山社長は、最初から気がついていたんだ。

《マズイなんて言って悪かったな、お前のオヤジさんの親子丼。花にあんなふうに泣かれると思わなくて、言ったあとに後悔した。それからずっとお前の泣き顔が頭の片隅から離れなかった》

「私もあの男の子のことが忘れられませんでした。また親子丼を食べさせて、絶対においしいって言わせてみせるんだって思ってました」

《言わせたじゃん、俺に》

「はい。葉山社長は私の親子丼も父の親子丼もおいしいと言ってくれました。リベンジ成功です」

《リベンジって》

葉山社長が電話の向こうで笑っている。
《こんな話をしてたら、またお前の親子丼食べたくなるな》
「いつでも作りますよ」
おいしいと言ってもらえるなら。食べたいと言ってもらえるなら。私はまた葉山社長に親子丼を作ってあげたい。社長というイスから降りてまでも、森堂商店街を守ってくれたお礼に。そんなこと、お礼にならないかもしれないけど。そのためにも、また葉山社長に会いたい。
そう思っていた私の耳に、葉山社長の低い声が届いた。
《でももうお前とは会えないな》
葉山社長がぽつりと言う。
《お前との取引は終わりだ》
「えっ」
《もともとそういう話だっただろ？　俺が商店街から手を引く代わりに、お前は俺の女になる。その商店街も守られることが決まったわけだし、俺ももう葉山総合の社長じゃない。だからこの取引は終わりだ》
終わり……その言葉が胸に突き刺さった。

確かにそのとおりだ。私と葉山社長の関係はあの取引があったからだ。それがなくなってしまえばまた元どおりの他人に戻るのは、仕方がない。
普通の恋人同士のように、心で繋がっていたわけじゃなく、取引で繋がっていた関係。それは、いつかは切れるものだった。
《それに俺、海外行くんだ。葉山総合の海外支店を任された。本当は会社も辞めようと思ったんだけど、じいさんがそれは許してくれなくて》
葉山社長が日本からいなくなってしまう。海外になんて行ってしまったら、もう本当に会えなくなってしまう。
《今までごめんな、花。お前のことさんざん振り回したよな》
なにか言わないと。葉山社長との繋がりが切れてしまう。
《お前の作ってくれた料理、どれもおいしかった》
なにか言わないと。
《じゃあな》
私がなにも言う間もなく、一方的に葉山社長の電話は切れてしまった。

「本当の恋人に……」


金曜日の居酒屋は、仕事帰りのサラリーマンで賑わっていた。個室はすべて埋まっていて、私と持田さんはカウンター席で隣り合って座っている。

「なるほど。そういうわけだったのね」

右手にビールの入ったグラス、左手につまみの枝豆を持った持田さんがつぶやいた。

「ずっと気になっていたけど、ようやく分かったわ」

葉山社長との取引が終わった今、持田さんにすべてを聞いてもらった。ここ数か月の間に起きた出来事をすべて。

「それで気がついたら、本気で好きになっちゃったわけね」

「はい」

持田さんの言葉に、私は力なくうなずいた。取引が終わり会えなくなってはっきり分かった。葉山社長のことをいつの間にか好きになっていたことに……。

「まぁ、もともと雲の上の人だったんだよ。忘れなって」

持田さんが私の背中をトンとたたく。私は「はい」と答えてウーロン茶を一気に口に流し込んだ。

持田さんの言うとおり、葉山社長はもともと、私なんかに手が届く人じゃなかった。あの取引がなくなった今、もう会う理由なんてどこにもない。

「でも、ひとつだけ疑問があるんだけど」

お代わりのビールが運ばれてくると、それに口をつける前に持田さんが言った。

「花の話だと、葉山社長は最初から商店街の再開発には反対していたんでしょ？　だったら別に、花に『俺の女になれ』なんて言う必要なかったわけよね」

「それは……」

以前、取引した理由を聞いた時、葉山社長は言っていた。私が葉山社長の『忘れられない女性』に似ているから、だから側に置いておきたくなったって。でも、それが〝私自身〟だと分かった今になって考えてみると、最初から再開発に反対していたことを教えてくれなかったのは、もしかしたら、本当に私を〝俺の女〟にしたかったのかもしれなかった。

「あれ？　もしかして湯本くんと持田くん？」

すると突然、後ろから聞き慣れた声がした。振り向くと穂高部長だった。

「げっ、部長」

私にだけ聞こえる声で、持田さんがボソッと言う。当の本人は、そんな持田さんの声にはまったく気がついていないようで、ニコニコと微笑みながら私たちのいる席に近付いて来た。穂高部長もお酒を飲んでいるようで、ふっくらした頬がほんのりと赤くなっている。

「ふたりで飲んでいるの？」

「はい。部長もどなたかとご一緒ですか？」

穂高部長の問いに答えたのは私だけだった。持田さんは穂高部長に興味がないようで、背中を向けてビールを飲み始めている。

「僕は社長と飲んでいたんだ。ほかにも課長とかほかの部の部長もいるけどね」

ウチは小さな会社だから、社長との関係も近い。社長は普段から社内の廊下をふらふらと歩いていて、気軽に社員に声をかけている。こうしてたまに部長たちと一緒にお酒を飲んでいるということも、聞いたことがある。

「次の店に行こうとしたんだけど、社長が明日の朝早いって言うから、みんな帰ることになったんだ」

「そうなんですか」

明日は休日なのに、社長は仕事なのだろうか。葉山社長もそうだったけど、会社の規模に関係なく、社長の仕事は大変なのだろう。

「お忙しいんですね、社長」

「そうだよね。明日はホテルで親会社の新社長就任パーティーがあるらしくて、それに出席するらしいよ」

え、明日なんだ。明日のパーティーで、葉山社長は本当に葉山総合の社長から降りてしまう。そして海外支店へと行ってしまう。

「光臣社長が辞めるのはもったいないよね。海外支店行きかぁ」

穂高部長のひとり言のようなつぶやきを聞いて、私は思わずうつむいた。

私のせいだ。私に会わなかったら、私が、葉山社長に森堂商店街の再開発から手を引いて欲しいなんて言わなかったら、こんなことにはならなかったはず。

「光臣社長だけど、明日の午後一時からのパーティーに顔を出して、その足で空港へ行って飛行機で発《た》つらしいよ」

「そうなんですね……」

「湯本くん、お見送り行かなくていいの？」

えっ、と驚いた声を出すと、穂高部長がにんまりと笑っている。

「詳しくは知らないけど、湯本くん、光臣社長となにか関わりがあったみたいだよね。

何度もウチの部署に電話かかってきたし。それに湯本くんの仕事が終わるのを、光臣社長がよく会社の外で待っていたよね」

そういえば部長には、居留守まで使わせたことがあった。

「午後四時の飛行機らしいよ」

穂高部長が教えてくれる。すると、今まで黙ってビールをあおっていた持田さんが、口を開いた。

「向こうに行ったら三年は戻ってこないらしい。葉山総合の本社にいる友達の情報によるとね」

そう言ってまたビールをぐびっとあおった。

三年も……。

「花の大切な商店街を守ってくれた人でしょ？　きちんと会ってお礼を言わないといけないんじゃない？」

「はい」

持田さんの言葉に、私は力強くうなずいた。

伝えないといけないことがある。このまま別れたくない。穂高部長と持田さんに言われたことで、その気持ちがはっきりした。

もう一度、葉山社長に会いたい。

「ありがとうございます」

イスから立ち上がると、穂高部長と持田さんに向かって深く頭を下げた。


翌日の土曜日。お昼のお客さんの波もようやく引き始めて食堂の仕事がひと段落したところ、お店の手伝いをしていた私は、「お父さん。お皿洗い終わったから、出かけてくるね」と、厨房の奥にいる父に声をかけた。

「お父さん」

揚げ物をしているせいなのか、流し台から声をかける私の声に父は気がつかないようだった。

「お父さんってば」

エプロンで濡れた手を拭きながら父へ近付くと、エビの天ぷらを揚げている父がようやく私を見た。

「お皿洗い終わったから出かけてもいい？」

「どこ行くんだ」

「どこって……」

ちょっとそこまで、と言おうとしたけれど、正直に本当の行き先を告げる。

「空港だよ。葉山社長のお見送りにいくの」

そう言うと、父が分かりやすく嫌な顔をしたのが分かった。

「あんなヤツの見送りにいってどうするんだ」

「お礼を言うの。商店街を守ってくれたこと」

「違うだろ。アイツは俺たち商店街の敵だ」

「お父さん……」

父はあれから葉山社長のことを許してはいない。私は両親にも、今まであったことのすべてを話している。森堂商店街の再開発をやめてもらいたくて、葉山総合の本社ビルで葉山社長に声をかけたこと。『俺の女になれ』と取引を持ちかけられて、それで一緒に行動していたこと。実は、葉山社長は初めから商店街の再開発計画には反対していて、副社長と対立していたこと。再び再開発計画が浮上した時は、自分の進退をかけて商店街を守ってくれたことも。

それでも父は葉山社長のことが許せないらしい。普段は物静かで優しい人だけれど芯は職人気質《かたぎ》の頑固者。そう簡単には、許す気にならないのだろう。

父の気持ちを思えば仕方のないことだと思う。実際、葉山社長は偽名を使い、私の恋人だと名乗って、両親のことを騙していたのだから。

葉山社長もそのことを気にしているのか、数日前にたくさんの高級食材を送ってきた。彼なりのお詫びのつもりなのだろう。

私はといえば、葉山社長の自分勝手な言葉や行動、強引な態度にはさんざん振り回されたはずなのに、それでも彼のことが嫌いにはなれなかった。その理由を、葉山社長と会えなくなってからようやく気がついた。

私は葉山社長のことが忘れられない。このまま別れたくない。会ってきちんとお礼がしたいし、自分の気持ちを伝えたい。

父は不機嫌そうな表情を浮かべたまま、黙って料理を作り続けている。揚げたての天ぷらをタレにつけてどんぶりに盛ったご飯の上にのせ、天丼を仕上げた。

「母さん。一品できたぞ」

そう言って次の料理にとりかかる。その姿を見つめる私の肩にそっと手が置かれた。

「行ってきなさい、花ちゃん。恋に障害はつきものよ」

振り向くと、微笑んでいる母と目が合った。

「お母さんもお父さんと結婚する時ね、両親に猛反対されたのよ。公務員の男性とのお見合いを断って、小さな食堂の店主と結婚するなんて、親不孝者がって」

それは初めて聞くエピソードだった。

「それでもお父さんが必死でお母さんの両親を説得して、ようやく結婚できたの」

うふふ、と少し恥ずかしそうに口もとに手をそえて母が笑う。

「だから花ちゃんも、自分の気持ちに正直になりなさい。お父さんになにを言われても自分の気持ちに嘘をついたり、フタをしてしまったりしてはダメよ」

「お母さん……」

その言葉がじんわりと身体にしみ込んでいく。

自分の気持ちに嘘をつく。自分の気持ちにフタをする。そういう恋なら身をもって知っている。

優子のために私は陽太への恋を諦めた。そのことに後悔はしていなかったけれど、そのあとの陽太を忘れることができずに過ごした日々は、本当につらいものだった。

でもその恋もようやく終えることができた。人生で二度目の恋は、初恋の時のようにつらいものにはしたくない。今度は自分の気持ちをしっかりと伝えたい。

「ほら、行ってきなさい」

母が私の背中を押してくれる。

父は賛成してくれないかもしれないけれど、私は葉山社長のことが好きだ。その気持ちに嘘はつきたくない。諦めたくない。フタをしたくない。

取引じゃなくて、私は葉山社長の本当の恋人になりたいと思った。


家を出たのは十四時前だった。

なんとか十六時の飛行機の時間には間に合いそうだ。でも、空港内にいるたくさんの人の中から葉山社長を見つけられるかどうか分からない。

とりあえず電車に乗ろうと、最寄りの駅まで走りだした。と、後ろからプップーと車のクラクションが聞こえた。立ち止まって振り返ると、見覚えのある黒塗りの車が私の横で静かに停車した。

窓から顔をのぞかせたのは佐上さんだった。

「乗ってください」

いきなりそう言われて固まっている私に、佐上さんは「早く」と語気を強めたので、私は後部座席の扉を開くと車に乗り込んだ。

「シートベルトをつけてください。出発します」

佐上さんがアクセルを踏むと、車がゆっくりと走り出す。車内にはよく知っている香水の香りが残っていて、ついさっきまで、それをつけていた人がこの車に乗っていたことを教えてくれる。

「これから空港へ向かいます」

佐上さんが静かな声で告げる。

「さきほど光臣社長を空港まで送ったばかりです。今ならまだ間に合います」

それだけを言うと、あとはなにもしゃべらずに車を走らせた。

どうやら佐上さんは、私を葉山社長のもとへ連れていってくれるようだ。なぜそんなことをしてくれるのかは分からないけれど、好意はありがたく受け取ろうと思った。


空港の国際線のターミナルは、さまざまな国の人であふれていた。

佐上さんに教えてもらった場所へ行くと、ネイビーのスーツを着た長身の男性が、腕時計を確認している姿が見えた。久しぶりにその姿を見て泣きそうになる。

「……葉山社長」

待ちきれなくて少し遠くから声をかけると、顔を上げた葉山社長がキョロキョロと辺りを見渡している。やがてその視線が私をとらえると、切れ長の二重の目が驚きで大きく見開かれた。

「花？　……お前、どうして」

葉山社長に微笑みかける。

「お見送りに来ました」

そう言ってから、私は深く頭を下げた。

「ありがとうございました。あと、ごめんなさい」

「どっちだよ」

葉山社長が小さく笑う。

「どっちもです。商店街のこと守ってくれてありがとうございました。そのせいであなたが社長を辞めたこと、ごめんなさい」

すると私の頭にポンと大きな手が乗せられた。

「別にいいよ」

そう言われて、そっと顔を上げると、葉山社長が私の髪をくしゃくしゃと撫でる。

「花。お前は実家の食堂も商店街のことも好きだろ？」

「はい」

「俺もお前みたいに、自分の家の会社を好きになりたいって思った。じいさんや周りに言われて、なんとなくオヤジの跡を継いだけど、そんな気持ちじゃダメだよな。いい機会だ。三年ほど海外支店へ行って気持ちを改めるよ。そこでまた実績を出せば、社長に返り咲きできたりするかもしれないしな?」

そう言って、葉山社長は小さく笑った。それからゆっくりと腕時計に視線を落とす。

「じゃあ俺、そろそろ行くから」

見送りサンキュー、と告げると、私に背を向ける。

「待ってください」

私は歩き出そうとする葉山社長の腕を掴んで、彼を引き留めた。

「また、あなたに料理を作ってもいいですか?」

そう声をかけると、葉山社長が肩越しに私を振り返る。それから少し困ったように笑った。

「お前との取引はもう終わりだって言ったろ」

その言葉に私は大きく首を横に振る。

「違います。そうじゃなくてっ」

確かにあの取引があったから、私は葉山社長と一緒にいることができた。俺様で強引で女好きで、彼の行動や行為にはさんざん振り回された。でも、このままお別れなんてしたくない。

『つらい恋が終わったら、誰かとまた幸せな恋でもしろよ』

陽太への長い初恋が終わった時、そう言ってくれたのは葉山社長だ。

『ずっと誰かを愛してきたなら、今度は俺に愛されてみれば？』

『俺を選んでくれたら、ほかの男のことなんて思い出さないくらい愛してやるよ』

そんな言葉も、葉山社長の本当の気持ちだったのかは分からない。常に周りに素敵な女性がいて、たくさんの女性を相手にしてきた葉山社長には、特に深い意味はなく、息をするように簡単に告げることのできるものだったのかもしれない。

それでも私はその言葉が忘れられない。恋愛経験のない私は信じてしまう。期待してしまう。

取引なんか関係なく、私は葉山社長の本当の恋人になりたい……。

「ったく、お前さぁ」

葉山社長は、彼の腕を掴んでいた私の腕をそっとはがした。そして真正面から向き合って私を見つめた。

「何度も言ってるだろう。俺はお前の涙には弱いって」

そう言われて、私はいつのまにか泣いていることに気づいた。瞳から涙がこぼれ、両頬にすーっと落ちていく。

「最後くらい、涙なんて見せないで笑ってくれよ、花」

〝最後〟その言葉に胸が痛んだ。

葉山社長は大きな手で私の頬に触れ、親指でそっと目もとの涙を拭ってくれた。でも、私は首を横に振った。

「こんな状況で笑えません」

「なんでだよ。幼馴染への恋も終わったし、商店街も無事なんだ。お前が泣く理由なんてもうどこにもないだろ」

「あります」

気がつけばそう叫んでいた。それから涙がたっぷりとたまった瞳で葉山社長を見上げて言った。

「あなたがいないから……」

「俺?」

葉山社長が驚いたような顔で私を見つめた。それから困ったように微笑む。

私の頬にそえられていた葉山社長の手が離れていく。その手をスーツのズボンのポケットに入れると、葉山社長は空港の高い天井を見上げながら深く息をはき出した。

そしてゆっくりと私に向かって視線を下ろす。

「少しだけ、お前と一緒にいたかっただけなんだけどな」

ひとり言のように告げてから私を見つめた。

「……花」

私の名前を呼ぶ声が震えている。いつもは人をまるで射抜くような鋭い二重の瞳が、今は自信なさ気に私を見ている。

「俺の帰り、待っていてくれる？」

はい、と勢いよくうなずいてから、私は言葉を続ける。

「あなたのことを待っています。だから、戻ってきたら私をあなたの本当の恋人にしてください」

はっきりとそう告げると、葉山社長がまた驚いた顔をした。そのまましばらく固まっていたけれど、やがてふっと小さく笑った。

「それ今、俺が言おうと思ってたのに。先に言うなよな」

葉山社長は腕を伸ばして、私をきつく抱きしめた。ふわっと香る葉山社長の香水は、今では私を安心させる。

「花。俺はお前の涙には弱い。泣かせたくない。もしもお前を泣かすようなヤツが現れたり、お前を泣かすようなことがあったら、俺が全力で守ってやるよ。だから」

葉山社長が私を抱きしめる腕にギュッと力を込めた。少し痛いくらいに強い力だった。でも、強い力とは裏腹に声は震えている。

「こんな俺だけど好きでいてくれるか？」

「好きですよ、葉山社長」

彼の腕の中で私は自然と笑顔になった。

好きな人に自分の気持ちを正直に告げることが、こんなにもうれしいものだと初めて知った。そして好きな人と気持ちが通じ合えることが、こんなにも幸せな気持ちになれるということも。

『俺の恋人になれって言ってんの。そしたら商店街から手を引いてやるよ』

まだ桜の花が残っていた春に、社長室で葉山社長に言われた言葉を思い出す。

強引な取引から始まった私たちの関係。いつかは終わるものだと思っていた。でも、それが本物の恋に変わったのは、運命だったのかもしれない。

初めて会った子供のころからずっと、互いの記憶を残したまま大人になった私たち。

きっと、あの時からずっと私たちは繋がっていたんだ。

だから、葉山社長が海外に行ってしまう三年間だって、待つことができる。

もう一度再会したその日から、私たちは本当の恋人になるのだから。

エピローグ

side光臣

めそめそと泣いているガキを見つけた。

愛人の家に入り浸っている父と、その帰りを豪華な手料理と共に待ち続ける母。そんな窮屈な家を飛び出したのは十二歳の時だった。

家出というほどのことじゃない。ただ少し気分を変えたかっただけ。家からかなり離れた場所で、あてもなくふらふらと歩いていたら、めそめそと泣いている女の子を見つけた。俺よりもかなり身長が低くて、長い黒髪をサイドに結んでいた。

『どうしたんだよ、お前』

見つけてしまったからには、放っておくわけにはいかなかった。

『おうち、分からない』

嗚咽《おえつ》しながらその女の子は言った。

『分からないって。お前の家どこにあんの？』

『食堂』

『食堂？』

『森堂商店街の食堂』

『商店街？』

そういえばここに来る前に、小さな商店街の前を通り過ぎたことを思い出した。そこにある本屋にふらっと入って本を一冊買ったっけ。商店街ってあそこのことか？

『ほら、ついて来いよ』

家の場所がどこだか分かったのだから、連れて行かないといけないと思った。女の子の手を握ると、俺よりもすごく小さくて、力を入れたら折れるんじゃないかと思えるほど頼りなかった。

しばらくその手を握りながら歩いた。

『ここだろ』

二十分くらい歩くと、目的の商店街にたどり着いた。入口には遊具がブランコしか置かれていない、古ぼけた寂しい公園があった。

『あった！　ここだ！　花のおうち』

さっきまでめそめそと泣いていたくせに、商店街に着くなり女の子はうれしそうに笑いだした。ここからはひとりで家まで帰れるだろう。そう思って帰ろうとする俺の手を女の子が掴んだ。

『お兄ちゃんも行こうよ』

俺の手を掴んだまま女の子は走り出した。正直、手を振りほどこうと思えば振りほどけた。でも俺はそうしなかった。なぜだろうな。

そうして連れて来られたのは、ゆもと食堂という看板の出た小さな店の前だった。

『ただいまぁ』

女の子が扉を開けると料理の香りが漂ってきた。店の中には数名の客がいるようだ。

『おっ、花ちゃんおかえり』

『遊びに行ってたの？　花ちゃん』

『今日も元気だなぁ、花ちゃんは』

客のひとりひとりに声をかけられ、女の子はそれに笑顔で答えていた。

『お父さん。親子丼二つね』

そう言って、カウンター席に座った女の子が入口で立ったままの俺を振り返る。

『お兄ちゃんもここ座って』

自分の隣の席をパンパンと手でたたく。

『あら花ちゃん。お友達連れてきたの？』

奥から白いエプロン姿の女性が出てきた。歳がいっているけどたぶん母親だろう。

『うん。お友達できたの』

いや、俺はお前とさっき会ったばかりで、友達じゃないだろ。迷子になっていたから家まで連れて来てあげただけなのに、ずいぶん馴れ馴れしいガキだ。

『お兄ちゃん早く座って。親子丼食べよう』

なんだかもう面倒くさくなった俺は、ため息をついてガキの隣の席に座った。

『ほら、花。親子丼できたぞ』

それからすぐに親子丼が目の前に出された。作ったのはこの食堂の店主。たぶん父親だろう。

『いただきまーす』

レンゲを使って女の子は親子丼をむしゃむしゃと食べ始める。

『おいしいね。お父さんの親子丼は』

がっついて食べるから、頬に米粒がついている。その豪快な食べっぷりを見ていたら、だんだんと俺も腹が減ってきた。そういえば昼飯をまだ食べていない。せっかくだから食べるか。

『いただきます……』

レンゲを手に取りひと口食べる。

ダメだ。やっぱり味がしない。おいしそうなのにおいしいと思えない。口にした瞬間に母の料理を思い出してしまう。帰って来ない父のために料理を作り続ける母の後ろ姿と一緒に。

俺はそっとレンゲを置いた。

『おいしいでしょ？　お父さんの親子丼』

女の子が俺に向かって笑顔でそう言ってくる。口のまわりに米粒がたくさんついていて、それを見た母親が『花ちゃんったら』と呆れながら、手で米粒を取ってやっている。

『花、もう少しゆっくり食べなさい』

口調は強いものの、父親は女の子を笑顔で見つめていた。

きっと幸せな家族なんだろうな……。俺の家とは違って……。

そう羨《うらや》んでしまった自分がひどく嫌になった。だからきっと、

『マズイ』

はっきりとそう口にしてしまったんだと思う。

『え？』

言ったと同時にひどく後悔した。女の子が泣きそうな顔で俺を見たから。でも言葉

が止まらなかった。

『マズくて食えねーよ。こんなもん』

そう言って俺はイスからおりた。そのまま出入口の扉へと向かって歩いていく。

『マズくないもんっ』

背中に女の子の叫び声が届いた。

『お父さんの親子丼をマズいって言うな』

振り向くと女の子は泣いていた。唇を震えさせ、瞳からぽろぽろと涙をこぼして。

『マズいなんて言うなっ』

俺はなにも言わずに食堂を飛び出した。

あの日から、あの女の子の泣き顔が頭から離れなかった。どうしてか自分でも分からない。誰が作ったどんな料理を食べても、必ずあの時の泣き顔が頭に浮かんだ。

それから何年か経って、俺は葉山総合の社長になった。そして副社長の叔父が森堂商店街を再開発して、ウチの会社の新しいショッピングセンターを建てる計画をしていることを知った。

森堂商店街……。そこにはあの女の子の家の食堂がある。商店街が再開発されれば、あの食堂も一緒に壊されてしまうだろう。あの女の子はどう思うだろう。ガキのころのような泣き顔で泣くのだろうか。

泣かせたくない。

すぐにそう思った。森堂商店街の再開発をなんとしても阻止したい。

そう思っていたころ、森堂商店街で両親が食堂を営んでいるという女が俺のもとをたずねてきた。それが花だった。そして森堂商店街の再開発をやめてほしいと社長である俺に泣きながら訴えてきて……。

それは、俺がガキのころに見て、ずっと忘れられなかった泣き顔とまったく同じだった。まさか大人になって、またその顔を見せられるなんて思ってもいなかった。

アイツの泣き顔は見たくない。

『森堂商店街は俺が絶対に守ってやるから、泣くな』

あの場ですぐにそう声をかけてやればよかったのかもしれない。それなのに、俺はその言葉が出てこなかった。

『俺の女になれ』

そんな取引を持ちかけたのは、少しの間でいいから一緒にいたいと思ったから。ここで、すぐに花を帰してしまいたくなかった。もう少しだけ繋がりがほしかった。子供のころに見た花の泣き顔が、どうして今でもずっと忘れられないのか、その理由が分かるような気がして。

初めのうちは抱き寄せたりキスしたり……それ以上のことはできなかったけれど、ほかの女と同じように接してみた。でも気がついた。俺が花にしたいことはそんなことじゃないと。

俺が花に求めていたのは、きっともっと別のもの。これまで関係をもってきたどんな女にも埋めることができなかったもの……。

初めて俺のマンションに連れて来た時に食べた花の手料理は、久しぶりに心からおいしいと思えたものだった。

どんな料理もマズイと感じていた子供のころ。大人になって少しずつまた料理の味が分かるようになってはいたけれど、花の手料理はおいしいだけじゃなくてどこか温かな気持ちになれた。

それと同時に思い出した。大嫌いになってしまった母の手料理だけど、最初からそうだったわけじゃない。俺だってまだ純粋においしいと感じながら笑って食べていたころだってあった。花のおかげで、そんな幸せも思い出せたんだ。

それから何度も花を俺のマンションに呼び寄せて、たくさんの手料理を食べさせてもらった。突然料理を作れと言って、戸惑いながらも作ってくれたカルボナーラも、食べたいとリクエストして作ってもらった肉じゃがも、幼馴染を思って泣きそうになりながら作ってくれたロールキャベツも。ほかの料理もどれもすごくうまかった。でも、得意料理が食べたいと言えば、アイツは必ず親子丼を作った。

少しの間、一緒にいられたらいいと思った。本気になるつもりなんてなかった。それなのに、気持ちがどんどん花に傾いていった。

俺にまた料理のおいしさや幸せを思い出させてくれたのが花だった。口にした料理をおいしいと思えば思うほど、心が満たされていくのが分かった。

花の手料理だけじゃない。俺は花そのものにすっかり惹《ひ》かれていた。

大人になって、花にまた会えてよかった。ガキのころに見た花の泣き顔が忘れられなかったのは、俺と花の強い繋がりがそこでできたからに違いない。

きっとまた再会できるように、俺はずっと花を覚えていた。そして花もまた、大人になった俺には気がつかなかったけれど、子供のころの俺のことは覚えていた。

俺たちは互いに忘れられない存在だったんだ。

俺の勝手な取引から始まった関係だけど、それが本当の恋に変わったのは、きっと運命だって思ってもいいよな。

特別書き下ろし番外編

「俺様御曹司と蜜恋契約」〜三年後〜

森堂商店街の近くにあるアパートの二階の角部屋。六畳の和室には、小さな布団が敷かれている。開けっ放しの窓からは五月の穏やかな風が吹き込み、街路樹の葉が風でカサカサと揺れている音が聞こえる。

暑くもなく寒くもない過ごしやすい気候。のんびりとした午後の昼下がりは、自然と普段の慌ただしさを忘れさせ、穏やかな気持ちにしてくれた。

少なくとも三十分前までは……。

「晴太《せいた》くーん。どうして泣いてるのー？」

今、私の腕の中では、小さな赤ちゃんが大きな声をあげて泣き続けている。お昼寝から目が覚めてから、もう三十分ほどどこうして泣きっ放しだ。

「晴太くんの大好きなクマちゃんだよー」

お気に入りのぬいぐるみやおもちゃを見せても効果なし。おむつは濡れていないようだし、離乳食もあげたからお腹も空いていないはずなのに、どうして泣き止んでくれないいんだろう。

「泣かないでよぉ」

さっきからずっと晴太くんを抱っこしたまま、部屋の中をうろうろと歩き回っている。この小さな身体のどこから出てくるのか分からない大きな声で、わんわんと泣き続けている姿を見ていると、なんだか切なくなってきてしまう。

もしかしてどこか痛いのかな……。こんな時、どうしたらいいのだろう。

私はすっかり途方にくれてしまい、その場にぺたりと腰を落としてしまった。

こんな時、母親だったら……。

「ただいま」

ちょうどその時、玄関から声が聞こえ、私がずっと待ちわびていた人物の帰宅を知らせた。晴太くんにもその声が聞こえたのか、突然ぴたっと泣き止んだ。廊下を歩く足音が聞こえて、やがて私たちのいる部屋のドアが開いた。

「ごめんね、花。お店に顔を出していたら遅くなっちゃった」

「優子、遅いよー」

現れたのは食材の入った袋を両手に持った幼馴染の優子だ。

「晴太の泣き声、家の外まで聞こえてたよ」

そう言って優子は、私の腕の中にいる晴太くんを優しく引き取って抱っこした。するとさっきまでの大泣きはどこへやら、大好きなお母さんのぬくもりに包まれ、晴太くんはすっかり笑顔になっている。

「やっぱりママがいいんだね。私が抱っこしてもずっと泣いてたよ」

慣れない抱っこをし続けていたせいで、肩がすっかり凝《こ》り固まってしまっている。それをほぐすように大きくゆっくりと肩を回す。

晴太くんは優子と陽太の間に生まれた男の子で、来月一歳になる。生まれた時から頻繁《ひんぱん》に会いに来ているというのに、私にまったく懐いてくれない。抱っこすると、いつも大声で泣かれてしまう。

今日だって買い物に行く優子の代わりに、少しの間だけ晴太くんを見ていることになったのだけれど、お昼寝から目が覚めて、母親の優子がいないと分かると泣き始めてしまった。それから抱っこをしてもあやしても、泣き方はどんどんひどくなる一方だった。

大好きな幼馴染の大切な子供だ。もちろん私は晴太くんのことをすごくかわいいと思っているし、できれば晴太くんからも好かれたいと思っているのに。

「私、嫌われてるのかな……」

ため息交じりでそうこぼすと、優子がクスッと笑った。

「そんなことないよ。この前も大工の島田さんが抱っこしたら大泣きしたたし、笹野さんや小柴さん、松田さんと山波さんも会うたびに抱っこしてくれるけどいつも泣いちゃうんだよね」

人見知りな子なのかなぁ、と優子は腕の中の晴太くんの頭を優しく撫でた。それから思い出したように言う。

「そうだ。花におみやげあったんだ」

片手で晴太くんを抱っこしながら、もう片方の手でカバンの中からなにかを取り出す。

「晴太を見ていてくれたお礼にこれどうぞ」

その手の中には見覚えのある包みがあった。

「佐々木庵の豆大福！」

すぐに分かって、思わず大きな声を出してしまう。私の子供のころからの大好物だ。

「花に晴太を見てもらっているって話したら、陽太が花にお礼に渡してって」

「ありがとう」

優子から受け取り、さっそく包みを剥《は》がすと、真ん丸な豆大福が現れた。これを見ると心がほっこりとするのはなぜだろう。小さなころから食べ慣れているからだろうか。それとも今は甘酸っぱい思い出になっている、陽太への長い片想いの記憶が蘇るちょうどお腹が空いていたのでひと口でぱくりと食べてしまった。そんな私を見て優子が笑っている。晴太くんは母親に抱かれて安心したのか、いつの間にか小さな寝息をたてて眠ってしまっていた。ゆっくりと布団の上におろし、そっと毛布をかける優子の横顔はすっかり母親だ。

小さな頃からいつも一緒に遊んで育った優子と陽太が今では親になっているなんて。その変化をなんだかとても不思議に思うけれど、私たちはもうそういう年齢で、それだけ時が流れているということ。

私はどうだろう……。優子と陽太のように変われているのかな。

ふとそんなことを思った。

「優子は偉いよね。しっかりお母さんやっていて」

晴太くんを起こさないように小声で言うと、優子もまた小声で返してくる。

「そんなことないよ。花だってしっかりと実家の跡を継いで偉いよ」

「そうかなぁ」

「そうそう。新しく始めたお弁当販売もうまくいってるんでしょ？」

からだろうか。

「いただきます」

「うん。まぁね」

　この春から私は、実家のゆもと食堂を継いだ。とはいっても、お店の切り盛りはまだ元気いっぱいの両親が主にやっているから、私はそのお手伝い。両親がお店に立てなくなった時がきたら、正式に跡を継ぐ予定だ。

　本格的に料理のことを学びたくて、二年前に仕事を辞めて調理学校に通い、この春卒業した。両親の手伝いだけでなく、自分でもなにか新しいことを始めようと思い、平日のお昼時に店先でお弁当の販売を始めてみた。唐揚げ弁当、生姜焼き弁当、野菜炒め弁当、そぼろ弁当、酢豚弁当、鮭の塩焼き弁当など、日替わりでワンコインで販売している。すると、安いのにボリュームがあっておいしいと、商店街の近くにあるオフィス街の人たちからも徐々に人気が出て、最近ではありがたいことに毎日完売だ。

「おじさんとおばさん喜んでたよ。花がゆもと食堂を継いでくれるって。これであとは花が結婚してくれたらもっとうれしいってさ」

「ちょっ……」

　急にそう言われて、私は慌ててしまった。でも確かに私ももう二十七歳、結婚を考えてもいい年ごろだ。同い年の優子と陽太が結婚し、子供も生まれて幸せな家庭を築いていることもあり、私の幸せのことも両親は考え始めているのだろう。

「花、誰かいい人いないの？」

いい人か……。

優子のその問いに言葉がつまってしまう。

「もしかしてまだあの社長さんのこと好きなの？」

社長さん……その言葉に胸がきゅっと締め付けられる。

三年前、私のことを振り回した俺様な彼のことを思い出す。

好きか嫌いかと問われたら好きだ。ただ、葉山社長とは空港で別れてからもうすぐ三年になるけれど、一度も連絡をとってはいない。彼から連絡がこないなら私からすればいいんだけど、こわくてできないのだ。

『待っていて』

その葉山社長の言葉を私は信じているのだけれど、彼はどうなんだろう……。もしかして私のことなんてもう忘れてしまっているかもしれない。新しい恋人ができているかもしれない。そんなことを考えているうち、気がつけば三年が経っていた。

「はぁ……」と思わずため息をついた時、優子が思い出したように声を上げた。

「そういえば、昨日、ニュースでやってたよ。葉山総合の社長交代のこと。もしかして花、知らないの？」

「う、うん……」

昨日は朝早くから販売用のお弁当を作り、それから食堂の手伝いをしたり、と忙しく動き回っていたから、ゆっくりテレビを見ている時間がなかった。

「海外から前社長が戻って来て、三年ぶりに葉山総合の社長に返り咲きするんだって。現社長の業績不振が原因の交代だって」

シビアな世界だねぇ〜と優子がつぶやく。

「そうなんだ」と答えて、私は窓から見える空に視線を移した。青い空に、くっきりと一直線の飛行機雲が浮かんでいる。

「あの社長さん戻ってくるんだね」

優子の言葉が静かな部屋に響く。

『俺の帰り、待っていてくれる？』

三年前、空港で彼が言った言葉をまた思い出す。

『あなたのことを待っています。だから戻ってきたら私をあなたの本当の恋人にしてください』

あの時私はそう答えた。

葉山社長が日本に戻ってくる。どうしてだろう……。うれしい気持ちよりも不安が大きいのは。

「ただいま」

優子の家から戻り、ゆもと食堂の扉を開けると、おいしそうな香りに迎えられた。父が夜の営業に向けて仕込みを始めているようだ。

「手伝うよ」

そう言ってエプロンを付けて厨房へ入ると、包丁を手に持った父が大根をざくざくと切っている。その隣では大鍋の中で鶏肉と野菜がぐつぐつと煮込まれている。

四十年近くこの食堂で料理を作り続けてきた父の腕に、私はまだまだかなわない。特に煮物料理を作った時によく分かる。同じ材料、同じ味付けをしているはずなのに、父が作った時のような深い味が出ないのだ。

しっかりとゆもと食堂の味を引き継げるようにこれからも勉強していかないと。

改めてそんな決意を固めながら、仕込み中の父の背中を見つめていると、大根を切り終えた父に「花」と名前を呼ばれた。

「明日から見習いが入るから」

「見習い？」

こんな小さな食堂に見習いで入りたいなんて、そんな奇特な人がいるのだろうか。確かに父の作る料理はどれもおいしくて、真似をしたくなるような味だけれど。

どんな人なんだろう……と、不思議に思っていると、食堂の扉が勢いよく開いた。

「こんにちはー」

それは低い男性の声だった。

お客さんかな。開店していると間違えて入って来てしまったのかもしれない……。

一瞬、そう思ったけれど、どこか聞き覚えのある声に、まさか、と胸が高鳴る。

急いで厨房から出た私は、ハッと息をのんだ。扉の前には、きっちりとしたスーツ姿の背の高い男性が立っていた。

「あ……」

思わず声が漏れた。そこにいたのは三年前、この森堂商店街を再開発の危機から救ってくれた人。そして私のことをさんざん振り回した人。

ずっと忘れられなかった……。

「久しぶりだな、花」

その人と目が合った瞬間、涙が込み上げてくるのを感じた。けれど唇をギュッと噛みしめてこらえる。

そうだ。この人は私の涙に弱いんだった。だから泣いたらいけない。決めていた。もしも再会できたら、笑顔で迎えようって。

「おかえりなさい」

震える声でそう告げると、目の前の葉山社長は優しく微笑み「ただいま」と言った。日本へ帰国することはさっき優子に教えてもらったばかり。でもまさかもう戻ってきていたなんて。

いざ葉山社長に会ってみると、うれしさと戸惑いを同時に感じる。どうやらそれは葉山社長も同じようで、私を見つめたまま、次の言葉が出てこない。

ふたりの間に流れる沈黙を破ったのは、厨房からの父の声だった。

「おい見習い。修行は明日からだろう」

葉山社長が答える。

「そうですけど。少しでも早く花に会いたくて来てしまいました」

「お前と花のことはまだ認めてない」

「認めてもらいますよ。この修行で」

「ふん。たっぷりしごいてやるから明日から覚悟しておけ」

「わかりました」

流れるような二人の会話に私は首をかしげる。

父が言っていた見習いとは、どうやら葉山社長のことらしいけれど、修行とか認めてもらうとか、なんでそんな話になっているのか分からない。私は父と葉山社長を交互に見比べる。どういうことなのか葉山社長に尋ねようとすると、彼の大きな手が私の腕を掴み、それから厨房にいる父に声をかける。

「そういうことでお父さん、これから少しだけ花を借りますね」

「えっ。ちょっと……」

ぐいっと腕を引っ張られると、そのまま私は食堂から外に出された。父が私たちを呼び止める大きな声がしたけれど、閉まる扉の向こうに消えてしまった。

葉山社長は少しも変わっていなかった。すらりと伸びた手足も、さらさらの黒髪も、すれ違う女性を百発百中でふり向かせてしまうほどの端整な顔立ちも。でも、ほんの少し痩せたみたいだ。顔周りがしゅっとひきしまったような気がする。海外にいる間、しっかりご飯を食べていたのかな。と、心配をしてしまう。

「なつかしいな、この公園」

スーツのズボンのポケットに手を突っ込みながら、葉山社長が森堂公園をぐるりと見まわす。そういえばこの公園で、私は葉山社長に陽太への長い片想いを打ち明けた。そしてその恋を終わらせた場所でもあり、新しい恋が始まった場所でもある。あの時から葉山社長のことが気になり始めたのだから。

あれから三年……。

『もしかして、まだあの社長さんのこと好きなの？』

そう言った優子の言葉どおりだった。この三年間、私は葉山社長のことを思い出さない日はなかった。ずっと好きで、会いたかった人が今、目の前にいる。

「そういえばお前、あの食堂継ぐんだって？」

葉山社長は、いつの間にか私のことをじっと見つめていた。

「ウチのグループ会社辞めて、料理の学校に通ってたらしいな」

「え……？」

連絡をとっていなかったのだから、葉山社長は、私が会社を辞めて調理学校に通っていたことも、ゆもと食堂を継ぐことも知らないはずだった。私の不思議そうな顔を見て、葉山社長が教えてくれた。

「オヤジさんの手紙に書いてあった」

「手紙？　どういうことですか？」

そう問いかけると、葉山社長はそっと空を見つめた。

「海外にいる間、お前のオヤジさんと手紙のやりとりしてたんだ。といってもほとんど俺から一方通行の謝罪文だけどな」

「謝罪文？」

「ああ。お前と恋人ごっこしている時、彼氏面して家に押しかけたり、正体隠してたりしてたしな。俺、オヤジさんによく思われていないというか、嫌われてるだろ？」

「えっと……」

どう返していいのか分からない。確かにあの一件以来、父は葉山社長にいい印象を持ってはいない。

「あの時のことちゃんと謝りたくて、ずっと手紙を出してたんだ」

知らなかった。普段から自分では郵便ポストをのぞかないから気がつかなかった。

「でも、返事が来たのは一度だけ。帰国が決まる三カ月前のことだ。その手紙にはお前の近況と、三年前のことを許してほしかったら、俺の腕を超えてみろって書かれてた」

あっ！　もしかしてさっきの二人の会話の修行って……。

「ゆもと食堂で料理の修行をして、オヤジさんが認めてくれたら、三年前のことを許してもらえる。それとお前とのことも」

「ああ。オヤジさんにきちんと認めてもらって、それから花を俺のものにする」

その言葉にドキリと胸が鳴る。

俺のものって……そもそも私たちの今の関係はなんなのだろう？　別れ際の空港で、お互いの気持ちは確かめ合った。その時、葉山社長から『待っていて』と言われたけど、自信がなかった。そのあと連絡もないので、葉山社長はもう私のことなんて忘れているんじゃないかって……。

「ずっと花に会いたかった。でもオヤジさんたちに俺が騙したことを許してもらうのが先だと思った。だから、それまで花とは連絡は取らないでおこうって決めてた」

「葉山社長……」

そうだったんだ。連絡がないことで、葉山社長のことを信じようとする自分と、疑ってしまう自分がいた。ほかに好きな人ができたんじゃないかとも思ったり。

でも、そうじゃなかった。葉山社長は私とのことを真剣に考えていてくれたんだ。

「私も……」

ずっと葉山社長に会いたかったです、と言おうとして言えなかった。葉山社長の帰国を待ちわびていたのに、いざ再会すると自分の気持ちに素直になれなかった。

「私とのこと？」

「お父さんを料理で超えるなんて無理ですよ」

代わりに出て来たのは、そんなかわいげのない言葉。

「私ですら、まだまだお父さんの料理の腕には追い付かないのに」

何十年間、毎日ゆもと食堂で料理を作り続けている父の腕を超えるなんて、いったいどれくらいかかると思っているんだろう。

「そんなことないさ。俺の母親は料理研究家の葉山今日子だぜ。息子の俺だって料理の才能があるはずだろ」

そう言って、にんまりと笑う葉山社長。

相変わらず自信満々な人だ。でもこの人ができると言えば、なんでもできてしまいそうな気がする。再開発の危機にあった森堂商店街を救ってくれた時のように。

「でもお仕事はどうするんですか？　社長に戻るんですよね」

そもそも、葉山社長が帰国したのは、葉山総合の社長に再び就任するため。大企業の社長が、料理修行なんてしている時間も余裕もないはず。

「しばらく休みをもらったんだ。三年間、ひたすら海外でがんばって、結果も出したしな。そのご褒美《ほうび》みたいなもん？　社長に戻るのも、今すぐにってわけじゃないし。それに、今の俺にはオヤジさんに認めてもらう方が大切なんだ」

そう言って、葉山社長がふっと笑った。

「俺ももういい歳だしな。会長のじいさんが、嫁さんもらえってうるさくて。だったら婚活に時間使わせてくれって言ったんだよ」

「婚活？」

「オヤジさんに花との結婚を許してもらう時間」

「は……ええ⁉」

結婚って。この人はまた、なにを言いだすのだろう。

「まだ付き合ってもないのに結婚ですか？」

「そんな時間もったいないだろ」

普通はお付き合いのあとに結婚という順番のはず。呆れてしまい、ため息が出た。

すると葉山社長がムッとしたような表情を見せた。

「なんだよお前。俺と結婚したくないのか？」

「突然、そんなこと言われても困ります」

「なんでだよ。空港でお前も言っただろう。俺が日本に戻ったら、本当に俺の女になるって」

葉山社長は勘違いしている。私はあの時、『本当の恋人にしてください』って言ったはず。お付き合いをすっ飛ばして結婚なんて、そんなことまで望んでいなかったのに。

三年経っても葉山社長の言動や行動は大胆で、ホント、相変わらずな俺様ぶりだ。でもきっとそれが葉山光臣という人なんだろうな。この先、何年経ってもこの人のこの性格はきっと変わらないのだと思うと、なんだか笑えてきてしまう。

もしも葉山社長と結婚したら、私はずっとこの人のペースに振り回されるのかな。それもいいかもしれない。それくらい私は葉山社長のことが好きだから。またなにかのきっかけで離れてしまうくらいなら、すぐにでも、この俺様な人の隣で笑ったり泣いたり困ったりできるほうがずっと幸せだ。

「なに笑ってんだよ」

「いえ、なんでもないです」

しばらく、くすくすと笑っていると涙までこぼれてきた。でも、これは悲しい涙じゃない。葉山社長が目の前にいてくれることがうれしくてこぼれてくる涙だ。

「花」

葉山社長に名前を呼ばれると同時に、抱き寄せられる。

「……っ」

懐かしい香水の香りと、私をすっぽりと包む温かさ。それがうれしくて私も葉山社長の大きな背中にそっと自分の腕を回した。

「私もずっと葉山社長に会いたかったです」

自分の素直な気持ちをはっきりと告げる。すると葉山社長が、私のことをきつく抱きしめ返して言った。

「久しぶりに花の料理が食べたい」

葉山社長の胸の中で、私はコクリとうなずいた。

空港で別れてからずっと願っていた。こんな日がくることを。また葉山社長のために料理を作って食べてもらえると思うと、自然と笑顔になる。

「親子丼作りますね」

顔を上げて葉山社長の顔を見つめながら、私は言う。

この三年の間に、新しい料理をたくさん覚えた。葉山社長のお母様、葉山今日子さんのレシピ本を集めて、そこに載っている料理も全部作ってみた。その中にはきっと子供時代の葉山社長が食べた料理もあるはずだ。お母様が実際に作った料理の味を完全には再現できないと思うけれど、同じレシピで作ることはできる。葉山社長はお母様の料理が嫌いだと言っていたけれど、今なら、母親の料理の味をなつかしく思い出してくれるに違いない。

葉山社長に私の作った料理をもっと食べてもらいたい。これからは毎日ずっと。

「お父さんにしっかりと認めてもらいましょうね。私たちの結婚のこと」

そう告げると、葉山社長は優しく微笑んで「ああ」とうなずいた。

END

あとがき

初めまして、鈴ゆりこと申します。このたびは『俺様御曹司と蜜恋契約』をお手に取っていただきありがとうございます。

本作は『第5回ベリーズ文庫大賞』のテーマである「ワケあり恋愛」を題材に書いた作品です。しかし、テーマに沿った内容を考えるよりも先に思いついたのが「葉山光臣」という人物でした。「大企業の社長という、仕事面では優秀な人なのに、プライベートではまったく社長っぽくない自由で俺様な人」が書きたい……！　そう思って、書き始めたのが本作です。なので、この作品の主人公は、私の中では光臣だったりします（笑）。

ヒロインの花は、商店街を再開発から守るために、開発先企業の社長である光臣と取引をして恋人になります。純粋な花が、俺様な光臣の言葉や行動に振り回される様子は、書いていて楽しかったです。

そんなふたりの取引から始まった関係ですが、実は過去からの強い繋がりがあり「運命の恋」だった——というのは書きながら思いついた設定です。書く前におおまかな流れとラストをしっかりと決めたはずが、書いているうちに登場人物たちが勝手に動き出して、どんどん別の方向へ進んでいきました……。

そんな本作が私のベリーズカフェさんでの最初の作品だったにも関わらず、多くの読者様に読んでいただき、また賞では優秀賞をいただくことができ、とても嬉しいです。そして、まさかこうして一冊の本になるなんて！

書籍化に際し、いつも丁寧な対応をしてくださった担当の増子様、編集協力してくださったアキヤマ様、素敵なイラストを描いてくださった倖月さちの様、ありがとうございました。

そして、本作をお手に取って読んでくださった皆様に感謝申し上げます。本当にありがとうございました！

鈴《すず》ゆりこ

鈴ゆりこ先生への
ファンレターのあて先

〒104-0031
東京都中央区京橋1-3-1
八重洲口大栄ビル7F
スターツ出版株式会社　書籍編集部　気付

鈴ゆりこ先生

本書へのご意見をお聞かせください

お買い上げいただき、ありがとうございます。
今後の編集の参考にさせていただきますので、
アンケートにお答えいただければ幸いです。

下記URLまたはQRコードから
アンケートページへお入りください。
http://www.berrys-cafe.jp/static/etc/bb

俺様御曹司と蜜恋契約

2016年10月10日　初版第1刷発行

著　者　鈴ゆりこ

発行人　松島 滋
デザイン　hive&co.,ltd.
DTP　久保田祐子
校　正　株式会社 文字工房燦光
編集協力　アキヤマケイコ（六識）
編　集　増子真理
発行所　スターツ出版株式会社
〒104-0031
東京都中央区京橋1-3-1　八重洲口大栄ビル7F
TEL　販売部　03-6202-0386（ご注文等に関するお問い合わせ）
URL　http://starts-pub.jp/
印刷所　大日本印刷株式会社

Printed in Japan

乱丁・落丁などの不良品はお取替えいたします。
上記販売部までお問い合わせください。
定価はカバーに記載されています。

ISBN 978-4-8137-0157-6　C0193

ベリーズ文庫 2016年10月発売

『浮気者上司!?に溺愛されてます』 水守《みずもり》恵蓮《えれん》・著

27歳にして恋愛経験ゼロの奏美。それを上司の恭介に知られ、「俺と冒険してみようか」と、強引にファーストキスを奪われる。若くして出世コースを歩む超イケメンの恭介に熱く迫られ、次第に惹かれていく奏美だったが、彼の"左手の薬指"には指輪があって…。この恋、どうなるの!?

ISBN 978-4-8137-0155-2／定価：本体630円＋税

『恋の相手は強引上司』 望月《もちづき》沙菜《さな》・著

真壁恋実は名前に反して、恋に無縁な地味OL。だけどある日、歓送迎会の帰りに出会ったイケメン、一馬と飲むことになり、「俺と恋を実らせよう」といきなり交際宣言されてしまう。恋実は冗談だと思いこんでいたのに、翌朝目覚めると隣には一馬が！　しかも実は、彼こそLAから異動してきた新任課長で…？

ISBN 978-4-8137-0156-9／定価：本体630円＋税

『俺様御曹司と蜜恋契約』 鈴《すず》ゆりこ・著

葉山物流で働く花は、実家の食堂がある森堂商店街が、再開発で消滅の危機にあることを知る。しかも首謀者は親会社の葉山グループだった。ショックを受けた花は、無謀にも雲の上の存在であるイケメン社長・光臣に直談判を試みる。すると「止める代わりに俺の女になれ」と交換条件を出されてしまい…!?

ISBN 978-4-8137-0157-6／定価：本体630円＋税

『イジワル社長と身代わり婚約者』 立花《たちばな》実咲《みさき》・著

OLの美羽は自分と瓜ふたつで社長の婚約者である従姉に頼まれ、彼女の身代わりになることに。世界企業のCEOの孫である社長・黒河にずっと憧れていた美羽。罪悪感を抱えつつ、バレないよう彼との甘い生活を送る中、「普段の君の匂いと違う」などと度々言われ…彼は私の正体に気づいているの…!?

ISBN 978-4-8137-0158-3／定価：本体650円＋税

『ご懐妊!!』 砂川《すながわ》雨路《あめみち》・著

OLの佐波は超イケメンの鬼部長・一色と、お酒の勢いで一夜を共にしてしまう。ところが後日、なんと妊娠が判明！　彼に打ち明けると「ふたりで子供を育てよう」と驚きのプロポーズ!?　戸惑いつつ始まった同棲生活。ドSだけど、家では優しい一面を見せる彼に、佐波は次第にときめき始めて…？

ISBN978-4-8137-0159-0／定価：本体650円＋税

書店店頭にご希望の本がない場合は、書店にてご注文いただけます。

ベリーズ文庫 2016年11月発売予定

Now Printing

『タイトル未定』 御堂志生《みどうしき》・著

両親を亡くし、ひとりで弟たちを育てる日向子のもとを、極上のイケメン秘書・千尋が訪ねてくる。亡き社長が日向子の祖父だと言うのだ。全財産を相続した日向子に、千尋は「あなたの愛が欲しい」と求愛宣言。クールに見えて情熱的な千尋に心惹かれる日向子だけど、彼にはある秘密があって……!?

ISBN 978-4-8137-0167-5／予価600円＋税

Now Printing

『タイトル未定』 高田ちさき・著

働いている会社が大手企業に買収され、その社長秘書に抜擢された梓。だけど、社長の岳人は若くてイケメンなのに冷徹で無愛想。仕事人間の彼に振り回される日々の中、コンパの話を岳人に聞かれてしまい、「恋人が欲しいなら俺がなってやる」と、突然の恋人宣言！　戸惑う梓に構わず甘い言葉で迫ってきて…!?

ISBN 978-4-8137-0168-2／予価600円＋税

Now Printing

『完璧なカノジョの秘密のアレコレ。』 きたみ まゆ・著

OLの莉央は、外見も中身も完璧な女性を演じているけれど、実はアニメ好きで恋愛経験ゼロのオタク。ある日、自作のマンガをこっそり会社に持ちこんだところ、同僚の爽やか王子系イケメン・金子に見つかってしまった！　内緒にしてほしいと懇願すると、王子が豹変！　交換条件で恋人になれと迫られて…。

ISBN 978-4-8137-0169-9／予価600円＋税

Now Printing

『無愛想上司にデキゴコロ』 真彩《まあや》-mahya-・著

化粧品会社の地味OL・姫香は、美人の幼なじみへの劣等感から、自分に恋は無理と諦めかけていた。ある日、仕事で接近したイケメン御曹司・日下に劣等感を指摘され、「私のこと、抱けますか？　無理ですよね」と挑発してしまう。ところが「俺と付き合え。お前を変えてやる」と不敵に微笑まれ…!?

ISBN 978-4-8137-0170-5／予価600円＋税

Now Printing

『Secret Residence～冷たい彼と燃える恋～』 nichola《ニコラ》・著

火事で家を失ったOLの紗英は、成り行きで親友の兄、奏と期間限定の同居生活をすることに。イタリア帰りで外資系一流企業のイケメンエリート、奏は超ドS！　こき使われる日々だけど、時々優しく手を握ったり、キスしてくる彼に翻弄されまくり。苦手だったはずが、紗英の胸は次第にときめいて…？

ISBN 978-4-8137-0171-2／予価600円＋税

タイトル、価格等は変更になることがございますのでご了承ください。